Paul Reiners

Das abgelehnte

Drehbuch

Tod eines Fans

**für
Maria**

**Dank an Johannes, ohne den der Text in der Schub-
lade geblieben wäre.**

Bibliografische Informationen der Deutschen Bibliothek:
Die Deutsche Bibliothek verzeichnet diese Publikation in
der Deutschen Nationalbibliografie; detaillierte Bibliografische Daten sind im Internet über
http://dnd.ddb.de
abrufbar

Impressum:

© 2017 Paul Reiners
Herstellung und Verlag:
BoD – Books an Demand, Norderstedt
ISBN: 9783744895439

Schreiben ist die einzige Arbeit, mit der man, ohne sich lächerlich zu machen, kein Geld verdienen kann.

Ambros Bierce

Paul Reiners

Das abgelehnte

Drehbuch

Tod eines Fans

Vorwort

Nach meiner Vorstellung hätte dieses Buch das Drehbuch für eine Tatortfolge sein sollen. Meine Absicht war, Sie am Sonntagabend von 20:15 bis 21:40 Uhr mit einem ebenso verwirrenden wie interessanten Stoff zu unterhalten. Und die Hoffnung war, dass es dem Regisseur gelingen wird, das mit schönen und eindrucksvollen Bildern und Einstellungen zu ergänzen. Bei den Kommissaren hatte ich an die aus Bayern, Leitmayr und Batic, gedacht, weil der eine so schön philosophieren und der andere sich so schön über Ungerechtigkeit aufregen kann.

Es hätte alles so passend sein können: Sie sitzen auf Ihrer Couch im Wohnzimmer und erfahren beim Tatort gucken, was es für seltsame Dinge in der Welt gibt. Und ich liege auf meiner Couch und denke, was das für ein feines Gefühl ist, mit dem eigenen Kopfkino, wenn man es dann endlich mal aufgeschrieben hat, Leute eineinhalb Stunden unterhalten zu können.

Da wird nun aber nix draus.

Jedenfalls nicht im Fernsehen.

Die Reaktion hat das Drehbuch nämlich nicht gewollt. Was ihr gutes Recht ist. Die vom WDR müssen ja nicht alles nehmen, was ihnen angeboten wird. Soll´n sie auch nicht.

Aber ist es nicht mein Recht, oder sogar meine Pflicht, von meinem Text anzunehmen, dass er zu gut ist, um abgelehnt zu werden?

Was tun?

Ein Duell liegt mir nicht. Ich mag keine Waffen und bin im Treffen auch nicht so gut. Mit Pfeil und Bogen ging´s, aber wie sieht das aus, wenn der Intendant sich erst gelbe und blaue Kreise aufs Hemd malen müsste?

Helfen Sie doch weiter. Wie?

Ist ganz einfach: Sie lesen dieses Buch und stimmen dann ab, ob es als Drehbuch genommen werden sollte, oder nicht.

Wie das gehen soll? Na hier:

http://onlinevoten.de/poll/53381-sollte-dieses-drehbuch-verfilmt-werden/

Wenn Sie in der Mehrheit meinen, dass Herr Burho und seine Truppe nix machen müssen, dann bleibt es so wie es ist, und Sie werden das hier endgültig nicht als Tatort-Folge sehen. Wenn aber viele der abstimmenden Leser meinen, dass dieses Drehbuch verfilmt werden sollte, dann würde ich das dem WDR so mitteilen und wir sehen dann, was passiert. Wenn nix passiert, demonstrieren wir

zur Not dann jeden Dienstagabend solange in den Großstädten, bis die endlich anfangen, zu drehen. MüBügdredi (Mündige Bürger gegen Drehbuchdiktat, oder so)
Wie immer Sie am Ende abstimmen: Erstmal müssen Sie den Film in Ihrem Kopfkino selbst gesehen haben.

Als Leser sind Sie schon immer eingetaucht in Ihre Bücher, haben sich vorgestellt wie es dort riecht, wie es sich anhört und wie die Protagonisten aussehen und wie sie reden. Die Kollegen Schriftsteller haben durch schön formulierte Beschreibungen von Lokalitäten und Personen Ihrer Phantasie dafür den Boden bereitet. So sind Sie schon immer Regisseur der Bücher gewesen, die Sie länger als über Seite 6 hinaus fesseln konnten.

Auch, wenn Sie so über einen großen Erfahrungsschatz verfügen und es mir fern liegt, Ihnen vorzuschreiben, wie Sie zu phantasieren haben, bedarf es in diesem Fall doch einiger Hinweise, die ich im Folgenden verbrämt als Manual zum Drehbuchlesen niedergeschrieben habe. Auch ein Drehbuch ist ein Buch, aber es hat doch einige Besonderheiten, deren Kenntnis ganz hilfreich sein kann.

So werden die Orte und Charaktere der Personen nicht im Verlauf der Geschichte beschrieben, sondern schon vorher. Eigentlich wird sogar die ganze Geschichte vorab erzählt, aber sehen Sie selbst:

Manual zum Drehbuchlesen

• Die Story, das Treatment

Üblicherweise wird in einem Treatment zusammengefasst, was die Geschichte ist und wer ihre Darsteller sind. Das ist für Regisseure und Schauspieler sehr hilfreich, um entscheiden zu können, ob sie da mitmachen wollen. Für Sie als Leser nicht.

Schließlich ist der Tatort und dieses Buch ja auch - immer noch ein Krimi, und da soll man erst am Ende wissen, um welche Geschichte es gegangen ist und wer was warum gemacht hat.

Also gibt's hier kein Treatment.

• Die Personen

In unserem Fall sind die Hauptdarsteller, nämlich die Kommissare und ihr Assistent Kalli, vom Aussehen und ihren Eigenarten - Kalli siezt Leitmayr und Batic, die aber duzen ihn – bekannt und müssen nicht vorgestellt werden. Für die anderen Darsteller sollte dem Drehbuch eigentlich eine charakterisierende Personenbeschreibung vorangestellt werden, damit man weiß, in welche Richtung die gecastet und schließlich besetzt werden sollen.

In dieser Hinsicht schränke ich Ihre individuellen Möglichkeiten der Rollenbesetzung weitestgehend nicht ein. Sie erfahren nur eine kurze Skizzierung, wie alt die Personen sind und den Rest machen Sie.

Eine kleine Ausnahme will ich aber doch für mich in Anspruch nehmen: Für die Rolle des Sommer hätte ich gern den bayerischen Kabarettisten Matthias Egersdörfer.

Im sog. "Franken-Tatort" spielt der den Leiter der Spurensicherung, was ja nicht heißen muss, dass er da im Falle einer Realisierung dieses Drehbuches unabkömmlich ist.

Wenn doch, wissen Sie jedenfalls, welchen Typ ich mir in der Rolle des Sommer vorstelle.

Die preußische Variante wäre übrigens Christian Ulmen. Aber auch der könnte unabkömmlich sein, weil er im Tatort Weimar den Hauptkommissar Lessing spielt.

Zu den Personen:

Leitmayr, Batic und Kalli wie bekannt

Sommer

Stellt sich etwas dümmer, als er ist. Das aber nicht so aufdringlich wie Colombo.

Alter: zwischen 35 und 40

Kann auch ruhig etwas älter sein. Kann auch was kräftiger gebaut sein. Die Lust am Essen soll man ihm durchaus ansehen können. Der Schauspieler muss sich auch kauend und essend verständlich machen können. Schön wäre, wenn der Schauspieler während der ganzen Zeit nur kauend zu sehen ist.

Michael Michi Hörter

Frecher und hellwacher junger Bursche.

Alter: irgendwas zwischen 17 und 21

Vom Typ her wie der frühe Ritchie Müller in „Die große Flatter" oder Westernhagen in „Theo gegen den Rest der Welt" oder Daniel Brühl in „Goodbye Lenin".

Der Schauspieler muss ausdrucksstark sein und eine gute Stimme mit entsprechender Ausbildung haben, da sich vieles im inneren Monolog vollzieht. Deswegen muss er aber nicht im Kammerschauspielton reden, sondern sollte möglichst lebensecht und eben auch im Dialekt reden. Auch dieser Schauspieler muss sich kauend und essend gut verständlich machen können.

(Das wird für beide Rollen ein lustiges Casting).

Karin Fiedler

<u>Alter: irgendwo zwischen 27 und 35</u>

Das sollte eine echte, einseitig Beinamputierte (Oberschenkel) sein, auch wenn sich die Behinderung mit technischen Mitteln, oder gar durch entsprechendes body-double darstellen ließe. Sie muss gleichwohl sportlich wirken, damit man ihr die Paralympicsteilnahme auch zutraut. Vielleicht gibt's ja eine echte Behindertensportlerin mit der entsprechenden Schauspielbegabung.

Für die Geschichte wesentlich ist, dass in der Schmuse-/Liebesszene ein echter Beinstumpf zu sehen ist. Aber wir haben im Tatort vom 12.3.17 (Nachtsicht) ja auch gesehen, daß er nicht unbedingt echt sein muss

Bergkämper senior

Älterer, seriös wirkender Gentleman

Alter: Mitte 60

Je durchschnittlicher, desto besser. Ein gutsituierter älterer Herr. Er muss nicht übertrieben gut aussehen, aber auch nicht übertrieben schlecht. Der Typ von Mann, dem Frauenaffären nachgesagt werden. Wenn Sie jetzt an einen von den Weppers denken, haben Sie erfasst, was ich meine.

Frau Bergkämper

Gutsituierte, gebildete Frau

Alter: Anfang 60

Grande Dame. Sehr damenhaft wirkend, gute Sprechausbildung. Vom Typ her wie Frau Hörbiger.

Frau Zogler

Alter: Mitte 40

Diese Schauspielerin muss über eine ausgezeichnete Sprechkultur verfügen. Die Figur hat von allen den meisten Text und kann in der entscheidenden Szene mit viel

Sprechanteilen ihre Emotionen nur über den Textvortrag und das Gesicht, das dann häufiger in Großaufnahme zu sehen ist, transportieren.

Ihre Behinderung muss nicht echt sein. Da sie nicht sichtbar ist, kann sie auch mit entsprechenden Hilfsmitteln gespielt werden. Die Rolle erfordert eine damenhafte, intellektuelle Erscheinung. Sehr gebildet, aber nicht larmoyant. Eher Typ Was-mich-nicht-umwirft-macht-mich-härter. Also Judy Winter Typ.

• **Die Drehorte**

Beim Schreiben habe ich gelegentlich eine recht klare Vorstellung, wie es am Ort der Szene aussieht. Meistens ist das aber nicht so. Wenn ich´s dann später noch mal nachlese, habe ich oft gemerkt, dass ich es mir dann anders vorstelle. Und wenn etwas Zeit darüber vergangen ist und ich mich erst selbst wieder einlesen muss, tun sich noch andere Bilder für mich auf.

Natürlich prägen die Orte des Geschehens einen Film entscheidend mit, und so ist die Suche nach geeigneten Drehorten und deren szenische Ausstattung und Ausgestaltung ebenso akribische wie künstlerische Feinarbeit, die dem Regisseur und seinem Stab vorbehalten bleiben muss.

Die Handlung dieses Drehbuchs findet an 12 unterschiedlichen Orten statt, von denen Sie einen, nämlich das Büro der Mordkommission, schon kennen.

Hinzu kommen:

- __Haus und Wohnung Bergkämper__

Ich stelle mir das Haus als großen Bungalow vor. Nicht protzig, aber gediegen. Schon für die erste Szene wichtig ist eine große Auffahrt, die ans Haus führt, das freistehend ist und dem man sich von mehreren Richtungen nähern kann. Eine große Glasfront sollte zur Terrasse hin ausgerichtet sein. Von hier - von außen nach innen – werden die ersten Szenen gefilmt.

Die Wohnung ist Schauplatz mehrerer Szenen. Ich stelle sie mir großzügig und kostspielig, aber nicht protzig eingerichtet vor.

- __Wohnung Karin Fiedler__

Modern und zweckmäßig eingerichtete Wohnung im 3. Stock eines Mehrparteienhauses. Zur Wohnung muss ein Lift führen und vor der Wohnung muss ein Flur sein.

Die Wohnung ist die Wohnung einer jungen Frau. Flott und modern eingerichtet, mit vielen sichtbaren sportlichen Auszeichnungen wie Pokalen und Medaillen.

- **Parkplatz Szene 6**

Ein großer typischer Parkplatz für Werksangehörige einer großen Firma mit Hunderten von Autos.

- **Beihilfestelle Szene**

So bürokratisch kalt wie möglich mit Klappschalter am Empfang und großen Regalen voller Akten. Das sollte eine kafkaeske Atmosphäre haben, in der sich der Antragsteller wie ein Bittsteller vorkommt, der den Angestellten dort völlig ausgeliefert ist.

- **Justizvollzugsanstalt**

Das Photo zeigt die JVA in Essen. Rechts neben dem großen Tor ist der Eingang für Personen. Unsere Person kommt von links in die Szene, stellt das Auto am rechten Straßenrand ab und geht dann links über die Straße zum Eingang.

- <u>Friedhof</u>

Den stelle ich mir groß und weitläufig vor und mit großem Baumbestand, so dass die Beerdigung von den Kommissaren von weitem beobachtet werden kann. Aber auch so, dass sie an dem Weg stehen, der zum Grab führt.

- <u>Buchhandlung</u>

Es soll schon eine große Buchhandlung sein, mit vielen Ecken und Abteilungen, die Platz für ungestörte und mitgehörte Gespräche bieten.

- <u>Buchhandlung/ Lager</u>

Das ist ein großes Lager mit sehr vielen Paletten und Bücherstapeln, in deren Gängen und Winkeln man eine konspirative Gesprächsecke einrichten kann.

• Die Sprechtexte

Wenn einer was sagt, wird dessen Namen groß geschrieben. Wie er es sagt, bleibt ihm überlassen. Nur gelegentlich habe ich hier reingeschrieben, wie ich es mir vorstelle, oder ob es ironisch gemeint ist.

Als Regisseur werden Sie Ihre Schauspieler in Ihrem Kopfkino optimal einsetzen und in der Rolle führen. Sie werden ihnen eine Stimmfärbung und eine Sprechweise zuordnen. Das kennen Sie aus der Lektüre vieler anderer Bücher.

Da das der bayerische Tatort ist, reden die Leut´ halt eben mit Dialektfärbung. Die ist mal mehr, oder mal weniger stark ausgeprägt. Eigentlich habe ich mich als Flachländer zu hüten, den Eindruck zu erwecken, ich verstünde was vom Bayerischen Dialekt. An den Stellen, an denen ich aus dramaturgischen (damit lässt sich alles begründen) Gründen etwas stärkeren Dialekt für angebracht gehalten habe, habe ich versucht, das lautmalerisch anzudeuten.

Lassen Sie in Ihrem Film den Sprechenden nicht statisch im Raum, sondern lassen Sie ihn reden beim Kaffeekochen, beim Aktenlesen, oder er läuft gestikulierend in der Gegend herum. Auch seine Zuhörer müssen nicht bewegungslos herumsitzen. Man kann auch beim Blumengiessen oder Papierlochen zuhören. Sorgen Sie für Bewegung. Sie sind der Regisseur!

• **Kameraanweisungen**

Kamera hat immer was mit Licht zu. Also ist es wichtig, ob die Szene bei Tag, oder bei Nacht, und Innen oder Außen spielt. Deswegen wird diese Info jeder Szene vorangestellt.

Vielleicht vermissen Sie später im Text detailliertere Kameraanweisungen. Aber auch der Kameramann ist ein Künstler und will seine Ideen in den Film einbringen. Was er nicht will, ist, zum bloßen Abdreher von Kameraanweisungen zu werden.

Da muss im Film viel Luft bleiben, dass er sich mit seinen künstlerischen Anregungen einbringen kann, und die Luft habe ich ihm gelassen. Selbst meine gelegentlich etwas detaillierteren Beschreibungen der Kameraeinstellung sind nur Vorschläge. Sie sind also frei in der Ausgestaltung Ihres Films.

Jetzt sind Sie präpariert und es kann losgehen.

Bitte Ruhe am Set!

Ton ab, Kamera läuft

Tod eines

Fans

1.Szene

Klapp!

1.Szene

AUSSEN – HAUS/WOHNUNG BERGKÄMPER –NACHT

Szene 1, 3, 5 durchgehend von außen durch die Glasfront zur Terrasse in die Wohnung Bergkämper gefilmt

Personen: junge Frau, deren Gesicht nicht zu erkennen ist; Bergkämper Senior

Während der Vorspann läuft, fährt die Kamera von hinten auf Bergkämper, der auf dem Sofa sitzt, stimmungsvolle leise Musik, Stimmen als Gemurmel, Kamera schwenkt zu der jungen Frau, die auch auf dem Sofa sitzt, beide vertraut tuend, unterhalten sich, halten Händchen, fangen an zu schmusen.

Er streichelt ihr Bein (mit Prothese, was man aber nicht sieht, da sie eine lange Hose trägt), sie wehrt das immer wieder leicht ab, zieht seine Hand woanders hin

2. Szene

AUSSEN – FUSSBALLSTADION - TAG

Personen: Fußballspieler F.C. Bayern München

Fernsehszenen von Fußballspiel Bayern München, insbesondere Schwenk über und Nahaufnahme auf Fans, Spieler nur in Totale/Halbtotale,

3. Szene
AUSSEN – HAUS/WOHNUNG BERGKÄMPER - NACHT

Personen: junge Frau, deren Gesicht nicht zu erkennen ist; Bergkämper Senior

immer noch schmusend, beide immer noch vollständig bekleidet, sie mit leicht geöffneter Bluse, Situation jetzt aber eskalierend.

Er versucht, ihr die Hose auszuziehen, sie wehrt sich ein wenig, lä?t ihn dann aber gewähren

4. Szene
AUSSEN – FUSSBALLSTADION PROVINZ - TAG

Personen: Kalli

Überblende auf den fußballspielenden Kalli, der wirbelt ziemlich rum, ist sehr aktiv. Kamera geht mit und ist nah drauf, mit Überblendungen im ran-Stil (also aus unterschiedlichen Perspektiven), auch mit Zeitlupe, auch auf die Zuschauerkulisse, die deutlich kleiner ist als am Anfang, aber dennoch lautstark anfeuert. Von der Zeitlupe erfolgt dann der Übergang zur Normalzeit mit Aktion, crescendo in der Lautstärke, Kalli holt zum alles entscheidenden Schuss aus, läuft zum Ball und -knickt mit dem Fuß um. Die Musik bricht abrupt ab, Kalli fällt um, die Zeitlupe (auch die Musik läuft dazu in Zeitlupe) zeigt, wie er lang und theatralisch hinschlägt. Er liegt regungslos auf dem Boden. Der Zeiger der Stadionuhr springt gerade auf 0:05 Uhr.

5. Szene
AUSSEN – HAUS/WOHNUNG BERGKÄMPER - NACHT
Personen: junge Frau, deren Gesicht nicht zu erkennen ist; Bergkämper Senior

Er fummelt an der jetzt erkennbaren Prothese herum, wie einer an einem BH rumfummelt, den er nicht aufkriegt. Sie zieht sie aus. Er streichelt nur den Beinstumpf, sie versucht seine Hand auf ihre Brust zu ziehen, er bringt sie aber immer wieder zum Beinstumpf zurück. Sie wehrt sich dagegen, zieht sich zurück. Er setzt heftiger werdend nach, sie ist aufgebracht, gestikuliert, stellt ihn zur Rede. Er erklärt sich, sie ist fassungslos und hat die Prothese in der Hand, die sie gerade wieder anziehen will.

6.Szene
AUSSEN – FIRMENPARKPLATZ - NACHT
Personen: Michi, Sommer, Polizistin, Komparsen als weitere Polizisten

Überblende von Stadionuhr auf Armbanduhr von Michi, Zeit 0.05 Uhr. Es ist stürmisch und regnerisch, der Regen prasselt auf die Autodächer.

Michi schleicht um Autos rum, probiert immer wieder mal, ob die Tür verschlossen oder nicht. Er sieht in ein Auto rein und entscheidet sich schließlich, manipuliert mit einem kurzen Gegenstand am Schloss der Fahrertür. Er öffnet sie, beugt sich in das Auto und holt das Navi raus. Er steht vor der geöffneten Fahrertür und lässt gerade das Navi in dem mitgebrachten Rucksack verschwinden. Plötzlich richtet sich das starke Licht von mehreren Taschenlampen auf ihn. Man sieht, dass Michi von Polizisten umzingelt war, die hinter den Autos verborgen waren. Sie richten sich jetzt auf und zeigen sich. Man hört die Stimme von Sommer, der aber nicht zu sehen ist

SOMMER:

Bingo, Bürschchen. Wir haben dich. Mach mir den Adler.

Michi stellt den Rucksack mit dem Navi auf den Boden, legt die Hände aufs Autodach, macht einen Schritt zurück und spreizt die Beine.

MICHI unwillig:

27

Ich hab keine Waffe.

POLIZISTIN

Ich seh lieber selbst nach.

Sie tastet ihn schnell und routiniert ab.

POLIZISTIN zu Sommer

Stimmt, er ist sauber.

POLIZISTIN zu MICHI

Und jetzt schön langsam die rechte Hand auf den Rücken und wenn's Klick gemacht hat, auch das andere Händchen. Und keine Mätzchen, is' das klar?

Sie legt ihm die Handfesseln an und dreht ihn dann um, so dass sein Gesicht im Scheinwerferlicht deutlich zu sehen ist.

POLIZISTIN zu Sommer

Ein Milchbart. Den kenn ich noch nicht.

Kriminaloberinspektor Sommer ist um den Wagen herumgekommen.

SOMMER:

Den kenn ich auch noch nicht näher. Aber das kann ja noch kommen. Fahr'n wir erst mal zur Wache.

Sie gehen zu einem Transporter, öffnen die hintere Tür und bugsieren Michi in den hinteren vergitterten Bereich. Dann schließen sie die Tür. Die Polizistin steigt auf der Fahrerseite ein, Sommer auf der Beifahrerseite. Der Transporter fährt nach rechts aus dem Bild.

7. Szene
AUSSEN – HAUS/WOHNUNG BERGKÄMPER - NACHT
Personen: Bergkämper Senior,

Kamera wie in Szene 1 durch die Fensterfront von außen auf Bergkämper, der auf dem Sofa sitzt und nur von hinten zu sehen ist. Man hört wieder die Musik aus Szene 1.

Überblende

8. Szene
INNEN - WOHNUNG BERGKÄMPER - NACHT
Kamera vom Eingang in die Wohnung kommend, fährt leicht unscharf langsam auf das Sofa zu. Sie richtet sich auf eine etwa ein Meter hohe Statue der Venus von Milo, die umgestürzt, aber unversehrt, am Boden liegt. Dann geht die Kamerafahrt durch die Wohnung langsam, aber schärfer werdend weiter. Man sieht im Halbdunkel eine gediegene Einrichtung mit großem Tisch und englischen

Ohrensesseln. Es hängen viele Bilder an den Wänden, darunter viele Gruppenphotos, an einer Wand steht eine Vitrine mit einem Orden o.ä., darüber hängen Urkunden an der Wand. Auf dem Tisch vor dem Sofa steht ein Whiskeyglas. Die Kamera umkreist langsam von hinten den still auf dem Sofa sitzenden Mann in Kopfhöhe von links, bis sie ihn frontal von vorne hat, aber noch halbtotal, dann näher fahrend auf das Gesicht.

Der Mann hat den Mund halb geöffnet, sieht etwas erstaunt aus. Dann fährt die Kamera groß auf die Stirn, auf der ein großes A eingeritzt ist, aus dem Blutstropfen auf die Nase gelaufen sind. Die Kamera fährt weiter um den Kopf – dabei aufziehend – man sieht auf der rechten Schläfe, die wie eingedrückt wirkt, eine Wunde und ebenfalls Blut, das auf das offenstehende Hemd und das Sofa gelaufen ist.

Die Musik steigert sich zu einem crescendo, die Kamera schwenkt zurück auf das A auf der Stirn und auf der Standuhr im Hintergrund sieht man die Uhrzeit 00.05Uhr. Der Uhrschlag hört sich an wie langsames Tak Tak , es ist aber unrhythmisch, so als würde jemand hinkend ein Bein nachziehen, Das ist aber nicht eindeutig zu erkennen, es klingt mehr wie eine Schlagzeugfigur.

9. Szene

INNEN- RICHTERZIMMER-TAG

Personen: Sommer, Michi, Richterin, 2 Polizeibeamte

Die Szene ist leicht verschwommen und ohne Ton, man versteht nicht, was gesprochen wird. Nur die Musik der vorigen Szenen läuft als Hintergrundmusik weiter .

Eine Richterin in Robe sitzt leicht erhöht hinter einem großen Tisch, alle Andern stehen davor. Sommer liest etwas aus einer Akte vor, die Richterin sagt was zu Michi und unterschreibt dann einen roten Zettel, den sie einem Polizeibeamten überreicht. Der legt Michi Handfesseln an und führt ihn ab.

10. Szene

INNEN – FLUR PRÄSIDIUM - TAG

Personen: Kalli, verschiedene Komparsen als uniformierte Polizisten/Kriminalbeamte

Die Musik spielt auch noch in diese Szene rein, insbesondere die Schlagzeugfigur klingt noch nach und verschmilzt im fade out mit dem Tak Tak der Gehhilfen.

Kalli humpelt an zwei Gehhilfen den Flur im Polizeipräsidium lang. Man hört schön mit einem leichtem Hall das Stakkato von den Krücken, die auf den Flur knallen. Gerade wird im Hintergrund Michi in Handschellen von Sommer über den Flur abgeführt. Kalli guckt ziemlich grimmig und verbissen, er hat offensichtlich Schwierigkeiten mit den Gehhilfen klarzukommen. Die entgegenkommenden Kollegen trauen sich deshalb nicht, zu fragen, drehen sich aber nach ihm um, als er vorbei ist und tuscheln. Er öffnet die Tür zu seinem Büro.

11. Szene
INNEN - BÜRO MORDKOMMISSION - TAG
Personen: Leitmayr, Batic, Kalli

Batic sitzt schon am Schreibtisch, blättert in Papieren und sieht auf.

BATIC: amüsiert:

Ja, da schau an. Was ist denn mit dir passiert?

Kalli verzieht unwillig das Gesicht, humpelt zu seinem Schreibtisch, lehnt umständlich die Krücken an und lässt sich unbeholfen in den Schreibtischsessel fallen.

KALLI: aufgebracht:

Wissens eigentlich, dass man mit so einer Krücke nicht in ein öffentliches Verkehrsmittel einsteigen kann? Ist Ihnen schon mal aufgefallen, was die für Stufen die in der Tram haben. Ich bin heute

Morgen mit Müh und Not da reingekommen, aber nur weil ich so sportlich bin. Was machen eigentlich richtige Behinderte, oder die Leute im Rollstuhl?

Leitmayr amüsiert und keineswegs mitleidig:

LEITMAYR:

Bist du jetzt Tester bei der Stiftung Warentest, Abteilung Gehhilfen und Personennahverkehr, oder was soll das?

Kalli zeigt auf den dick bandagierten rechten Fuß, den er auf den Schreibtisch gelegt hat:

Kalli: eher beiläufig:

Ach, das hier. Na ich hab doch gestern denen von der Hauptwache geholfen, die von der Wache 3 beim Fußball fertigzumachen. Der Dammayer Schorsch hatte doch eine Wette angeboten, dass der Sesselfurzer von der Kripo es keine Halbzeit gegen die durchsteht. Na, denen hab ich´s aber gegeben.

Batic zunächst nachdenklich.

BATIC:

Sind wir jetzt also auch schon Sesselfurzer.

Leitmayr spöttisch:

LEITMAYR:

Und in welchem Krankenhaus ist der jetzt?

Kalli Irritiert

KALLI:

Wer jetzt?

LEITMAYR:

Na der Dammayer Schorsch und seine Bagage.

Kalli grinsend.

KALLI:

Hat gerade eben noch mal überlebt. Waren aber 2: 1 zurück und gerad als ich zum vernichtenden Schuss aushole...

Er steht auf und versucht das engagiert zu demonstrieren, lässt sich dann aber schmerzgepeinigt wieder in den Schreibtischstuhl fallen

Kalli ganz eifrig und engagiert.

KALLI:

Also ich hab den Traumschuss drauf, also den, den man so alle 100 Jahre einmal kriegt, und will gerade draufhauen, da knick ich in dem blöden Acker, den die Spielfeld nennen, doch glatt um. Bänderdehnung, sagt der Dok, dauert ein bisschen, geht aber wieder weg.

Batic eher skeptisch und abschätzend, aber keineswegs mitleidig oder mitfühlend.

BATIC:

Und jetzt willst du wochenlang heldenhaft an Krücken durch die Gegend hüpfen und Gangster jagen? Das wird die aber sehr beeindrucken.

Kalli abwehrend und belehrend

KALLI:

Das sind keine Krücken, sondern Gehhilfen und nur, weil ich ein bisschen beim Laufen behindert bin, tick ich im Kopf ja noch sauber. Denken kann ich ja noch.

Leitmayr eher abschätzig, wegwerfend.

LEITMAYR:

Noch ist gut, aber du musst es ja wissen.

Blättert in Papieren auf dem Schreibtisch.

BATIC:

Ich bin zwar der Meinung, dass du besser ins Bett oder Krankenhaus oder sonstwo hingehörst, aber wir können mit deiner Reha ja mal ganz langsam anfangen.

Das hier könnt was für dich sein: Sohn Bergkämper Junior findet Vater Bergkämper Senior unter seltsamen Umständen tot auf. Den wollen wir uns

mal ansehen und das ist ja auch was für dich.

Batic steht auf und geht zur Tür, etwas schneller als nötig wäre, wohl um zu sehen, wie schnell Kalli folgen kann.

Batic schon an der Tür, stutzt und murmelt mehr vor sich hin

BATIC:

Irgendwie hab ich den Namen Bergkämper schon mal gehört.

Kalli hat das Gemurmel nicht gehört und beeilt sich, Batic zu folgen, was auch einigermaßen gelingt, wenn auch unter Anstrengungen. Als er Batic an der Tür erreicht, fällt ihm dessen Bemerkung wieder ein.

KALLI:

Wieso ist das grad was für mich.

Batic im Rausgehen , schon in der Tür, spöttisch.

BATIC:

Tote können nicht weglaufen

12. Szene
AUSSEN- Justizvollzugsanstalt- TAG
Personen: Sommer

Blick von oben auf die Justizvollzugsanstalt mit dem großen Tor und dem Eingangsbereich. Davor sind Park-plätze. Der Polizeitransporter aus Szene fährt von links in das Bild und parkt unmittelbar vor dem Eingangsbe-reich. Sommer steigt aus und geht auf den Eingangsbe-reich zu. Er betätigt die Klingel.

13.Szene
INNEN – WOHNUNG BERGKÄMPER - TAG
Personen: Leitmayr,Batic, Kalli, Sommer, Doktor, 3 Komparsen als Spurensucher, 2 Komparsen als unifor-mierte Polizisten, Sohn Bergkämper

Polizisten wuseln rum, weißgekleidete Leute von der Spurensicherung wuseln herum, Photos werden ge-macht, der Dok ist gerade fertig.

Batic, Leitmayr und Kalli kommen herein und gehen denselben Weg entlang wie Kamera bei Szene 8. Batic vorneweg, Leitmayr hinterher, Kalli humpelnd an Geh-hilfen hinterher. Der Dok sieht auf Kalli , der langsam näherhumpelt und jetzt neben ihm und der Leiche steht.

Dok findet die Krücken von Kalli offensichtlich interes-santer als die Leiche vor der er steht. Dok verwundert zu Kalli

DOK:

Was ist denn mit ihnen passiert?

Kalli im Telegrammstil und leidenschaftslos.

KALLI:

Distorsion im Sprunggelenk. Fußball.

Batic an Dok, leicht unwillig.

BATIC:

Können wir jetzt wieder? Wissen Sie schon was über die Todesursache ?

Dok jetzt wieder ganz geschäftsmäßig.

DOK:

Der ist derschlagen worden, das steht fest. Womit weiß ich noch nicht. Sieht nach stumpfem Gegenstand aus. Todeszeit war vor ungefähr 8 bis 10 Stunden.

Kalli hat sich interessiert in der Wohnung umgesehen, Bilder vom Opfer mit Behinderten, Gruppenphoto hängt in der Nähe des Toten an der Wand, Leitmayr sieht sich jetzt den Toten und dessen A auf der Stirn näher an. An den Dok gewandt, sehr neugierig und interessiert

LEITMAYR:

Womit ist das wohl gemacht worden? Messer?

Dok kopfschüttelnd und achselzuckend

DOK:

Messer scheidet mit Sicherheit aus. Dafür ist der Schnitt insgesamt nicht tief genug. So fein kann keiner mit einem Messer umgehen, dass es nicht an einigen Stellen tiefer wird. Sieht nach einem sehr spitzen Gegenstand aus, nicht aber nach einem Schneidewerkzeug.

Leitmayr an Batic im Stile eines Quizmasters

LEITMAYR:

Nicht schneidender spitzer Gegenstand mit x Buchstaben?

Batic an Dok.

BATIC:

Danke Dok. Wenn sie mehr über das Tatwerkzeug raushaben, lassen Sie´s mich wissen.

Dok packt Tasche zusammen und sagt im Weggehen zu Batic

DOK:

Wenn Sie wissen, was das A bedeutet, sagen Sie Bescheid. Würde mich interessieren.

BATIC: vor sich hinmurmelnd:

A wie alle wollen was wissen.

Sommer kommt aus dem Hintergrund auf Leitmayr und Batic zu, Sommer kaut auf Butterbrot, zu Batic

SOMMER:

Verschwunden is scheints nix. Keine Einbruchs-
puren. Das Opfer muss den Täter gekannt und
reingelassen haben. Haben wohl auch was zu-
sammen getrunken. Whiskey nehm I an.

Sie san der Batic, oder?

Batic etwas unwillig und irrirtiert

BATIC:

Schon. Und wer sind jetzt Sie?

Sommer weiter kauend und etwas dümmlich wirkend:

SOMMER:

I bin der Sommer Hans. I bin beim Einbruch und
soll jetzt zum Mord, wegen der Erfahrung und
dass ich euch helf.

Batic sprachlos

Sommer erläuternd.

SOMMER:

Hat der Haberer gemoant.

Leitmayr ist hinzugekommen und beäugt die Szene
amüsiert. Leitmayr zu Batic in übertriebenem Dialekt:

LEITMAYR:

Wenn's doch halt der Haberer gemoant hat...

Batic seinerseits amüsiert und in übertriebenem Dialekt
wie Bruno Jonas zu Leitmayr, während Sommer verunsichert auf seinem Brot kaut.

BATIC:

Ja der Haberer halt. Wenns der woas moant, jo dann moant der das scho.

Kalli ebenfalls sehr amüsiert.

KALLI:

Des kannst mir scho glabn

Sommer jetzt sehr verunsichert, aber immer noch kauend zu Leitmayr

SOMMER:

Jo, hat jetzt der Haberer nix gesagt, dass ich auf 1 Monat oder zwoa zu euch kimm, wegn dass ich den Mord lern?

 Batic zu Sommer und Leitmayr jetzt wieder ernst.

BATIC:

Doch, der Haberer hatte schon vorige Woche Bescheid gesagt. Aber Sie sollten doch erst noch den laufenden Fall beim Einbruch abschließen. Ist das denn schon erledigt?

Sommer immer noch kauend und jetzt wieder ganz locker.

SOMMER:

Festgenommen haben wir den gestern. Das Bürschchen gesteht bis Freitag, des woaß I. Das kann I gut nebenher erledigen.

BATIC:

Sieht der Haberer das auch so?

SOMMER:

Der schickt mich ja.

Kalli fragend zu Sommer

KALLI:

Nebenher? Neben der Arbeit bei der Mordkommission? Wann wollen Sie denn das machen?

Sommer zu Batic und Leitmayr, ganz souverän und weiter kauend.

SOMMER:

Na, in der Mittagspause.

Batic energisch zu Sommer und Leitmayr .

BATIC:

Das kann er uns gleich im Büro erklären. Wir haben hier was zu tun. Also los.

Leitmayr jetzt wieder ganz geschäftsmäßig zu Sommer und mit dem Kopf in Richtung Opfer zeigend

LEITMAYR:
Wer hat ihn eigentlich gefunden?

Sommer in Hochdeutsch und ganz Profi

SOMMER:

Der Sohn. Beide waren um 7.30 Uhr im Büro verabredet, und als der Vater nicht erschien und sich

42

nicht am Telefon meldete, hat er sich Sorgen ge-
macht und ist hierhin gefahren.

Er zeigt auf Bergkämper Junior, der teilnahmslos abseits in einem Sessel sitzt.

Leitmayr sieht missbilligend auf Sommer, weil der noch immer kaut, auch Batic zieht wegen des kauenden Sommer die Mundwinkel hoch und geht mit Leitmayr zu Bergkämper junior. Kalli und Sommer bleiben im Hintergrund zurück. Man sieht wie Kalli mit Sommer spricht.

Batic fragend zu Sohn Bergkämper.

BATIC:
Herr Bergkämper?

Sohn Bergkämper sieht müde und traurig hoch

SOHN BERGKÄMPER:
Ja?

Batic verständnisvoll und zurückhaltend zu Sohn Bergkämper

BATIC:
Hauptkommissar Batic. Das ist Hauptkommissar Leitmayr. Kann ich Ihnen ein paar Fragen stellen oder sollen wir später..?

SOHN BERGKÄMPER:
Geht schon.

Sohn sieht kaum hoch, eher teilnahmslos.

SOHN BERGKÄMPER:

Ist schon recht. Dieser Unmensch muss gefunden werden.

BATIC:

Ihr Vater muss den Täter gekannt haben. Haben Sie da einen Verdacht? Hatte ihr Vater Feinde?

Bergkämper Junior sieht ihn mit komischer Verzweiflung an.

SOHN BERGKÄMPER:

Feinde? Mein Vater? Sie werden in der ganzen Stadt keinen finden, der was Schlechtes über meinen Vater sagt. Keinen. Wenn einer keine Feinde hatte, dann er.

Er will die umgefallene Venus Statue wieder hinstellen und beugt sich aus dem Sessel zu ihr herunter, aber Batic geht energisch dazwischen

LEITMAYR:

Halt, nicht anfassen. Die Spurensicherung ist noch nicht fertig.

etwas weicher

LEITMAYR:

Sorry, aber es könnten Spuren drauf sein, die uns bei der Ermittlung des Täters helfen.

Bergkämper Junior richtet sich wieder auf, jetzt eher traurig und verzweifelt

SOHN BERGKÄMPER:

Wer macht sowas? Warum bringt einer so einen Menschen um, der in seinem Leben nur Gutes ge-macht hat. Sehen sie sich doch um.

Er zeigt auf die Bilder an der Wand und auf die Medaille in der Vitrine.

Fast beiläufig

SOHN BERGKÄMPER:

Bundesverdienstkreuz mit Schulterband für seine Arbeit für Behinderte. Seit über 20 Jahren ist mein Vater, war mein Vater, in dem Bereich en-gagiert, insbesondere für Gehbehinderte

Batic zieht die Augenbrauen hoch. Batic mehr zu sich selbst

BATIC:

Daher kenn' ich den Namen.

SOHN BERGKÄMPER:

...und wenn demnächst in den öffentlichen Nah-verkehrsmittel in der Stadt nur noch niederflorige Fahrzeuge eingesetzt werden, in die auch Behin-derte, Beinamputierte und auch Rollstuhlfahrer, ohne Probleme einsteigen können, dann ist das

45

sein Verdienst. Gerade die Beinamputierten ver-

danken ihm viel.

Nein, der hatte keine Feinde. Der nicht.

Meine Mutter wird ihnen das bestätigen, sie wird

morgen zurück sein.

LEITMAYR:

Wo ist sie jetzt?

SOHN BERGKÄMPER:

Sie war bei einer Freundin in Norwegen. Sie weiß

übrigens Bescheid, ich hab´s ihr am Telefon ge-

sagt.

14. Szene
INNEN - IM AUTO – TAG
Personen: Leitmayr,Batic und Kalli

Kalli richtet sich sehr übertrieben und umständlich auf der Rückbank ein. Batic siegt das im Rückspiegel und schüttelt dazu eher unwillig den Kopf. Sie fahren los.

Batic fährt.

Kalli zu Batic .

KALLI:

Der Sommer ist vielleicht ne Marke. Der meint

wirklich, dass er einen jugendlichen Serientäter,

der in Haft sitzt, zu einem Geständnis kriegt, nur
weil er mit ihm Essen geht.

Batic unbeeindruckt.

BATIC:

Der Sommer ist wirklich ne Marke. Haberer sagt
der wär ein absoluter Verhörspezialist. Hat beim
Einbruch die höchste Aufklärungsquote. Immer
gehabt.

Dem wars beim Einbruch ein wenig langweilig
und da hat er zu uns wollen. Wir testen ihn mal
ein paar Monate. Arbeit genug haben wir ja.

Batic nach einer kleinen Pause.

BATIC:

Wenn der sagt, das Bürschchen gesteht, dann
kriegt der das auch hin.

Kalli ist von Batics Ausführungen nicht angetan:

KALLI:

Ich glaub's nicht. Ich hab mit ihm gewettet, dass
er´s bis Freitag nicht schafft.

Batic leichthin.

BATIC:

Schaun mer mal.

Nach einer Pause zu Leitmayr .

BATIC:

Was hältst du von dem Fall? Tod eines Ehren-
mannes ohne Feinde.

LEITMAYR:

Ermordet worden ist er trotzdem.

BATIC:

Aber von wem, wenn der nur Freunde hatte?

Kalli versucht, sein Bein bequemer zu platzieren und sieht Batic, der sich auf den Verkehr konzentrieren muss, von der Seite an

KALLI:

Manche Leute haben Freunde, da brauchen´s keine Feinde mehr.

Batic sieht Kalli an.

BATIC:

Was soll das jetzt wieder heißen?

Kalli sieht auf seine Krücken, spielt mit ihnen und tut unschuldig

KALLI:

Ach nur so.

15. Szene
INNEN - BÜRO MORDKOMMISSION - TAG
Personen: Leitmayr, Batic, Sommer und Kalli

Batic blättert im Bericht.

Kalli erstattet mündlich Bericht, zitiert gelegentlich aus seinem Block, zunächst sachlich und faktenorientiert, dann zunehmend spöttisch bis sarkastisch,

KALLI:

Bergkämper hatte einen kleinen Betrieb für Werbemittel, Feuerzeuge und Kugelschreiber mit Firmenaufdruck und so was. Mehr oder weniger hat der Sohn schon die Geschäfte übernommen, er selbst ließ sich nur noch ab und zu da sehen, weil´s ihm körperlich nicht so gut ging. Er war seit Jahren zuckerkrank.

Von den 4 Angestellten kann sich keiner vorstellen, dass über den auch nur einer feindselig denken könnte, geschweige denn, dass einer einen Grund hat, so einen guten Menschen umzubringen. Wenn ich die 6, nein siebene warns sogar, die ich befragt habe, wenn ich die richtig verstanden habe, ist das einzige, was sie sich nicht erklären können, warum der nicht schon längst heiliggesprochen worden ist.

Sommer imitiert eine ältere Nachbarin im übertrieben bayerischen Dialekt

KALLI

Na, der Herr Bergkämper, na so a guader Mensch

Leitmayr nimmt den Ball auf und imitiert einen älteren Nachbarn im Franz-Josef-Strauß-Stil

LEITMAYR:

Wissens, der wo den Bergkämper umbracht hat, nachher hätt der auch glei den Heilgen Vater ermorden können, wo der doch nur Guades getan hat.

Batic sieht irritiert hoch

BATIC:

Der Heilige Vater?

LEITMAYR:

Na, der Bergkämper. Moant er.

Batic nachdenklich, aber in Richtung Leitmayr .

BATIC:

Den Heiligen Vater hat schon mal einer ermorden wollen.

SOMMER:

Und beim Bergkämper hat es einer geschafft.

Sommer murmelnd, aber verständlich

SOMMER:

Die Spurensicherung sagt, dass die ganze Wohnung voller Prints ist. Fingerabdrücke ohne Ende auf jedem Gegenstand. Bis jetzt haben sie über

15 verschiedene Prints gefunden, einige davon kaum brauchbar.

Und wir dürfen die 15 dazu passenden Finger liefern. Das kann ja heiter werden.

LEITMAYR:

Was sagt denn der DoK?

Batic legt eine Akte an die Seite und nimmt die nächste auf

BATIC:

Vorläufiger Bericht, abschließender Bericht nach vollständigem Abschluss der Obduktion. Na schön, leg ich halt auch nur vorläufige Akten an. Abschließende Akte erst nach Verhaftung des Täters. Hätten mer nur aufgeklärte Fälle und wären längst Kriminaldirektoren.

Leitmayr dirigiert schwungvoll in der Luft

LEITMAYR:

...oder Kriminaldirigenten.

Batic grimmig blätternd.

BATIC:

Na, schaun wer mal. Sommer hat recht, es war Whiskey, normaler, handelsüblicher Whiskey

Kalli positioniert sein Bein auf der Schreibtischecke

KALLI:

Welche Marke?

Batic unwillig

BATIC:

Weiß nicht, steht hier nicht,

KALLI:

Zeigens mal

Batic gibt Kalli die Akte über den Schreibtisch, lässt ihn sich dabei ein bißchen mehr strecken, als unbedingt erforderlich wäre, Kalli merkt das, sagt aber nichts. Er liest murmelnd und halblaut aus der Akte, jetzt flachsend

KALLI:

Die Marke kenn ich. Bei dem Zeug hätte man den gar nicht mehr derschlagn müssen.

Er reicht Batic die Akte wieder zurück, lässt ihn dabei auch über Gebühr zappeln, mehr noch als umgekehrt zuvor, aber auch Batic lässt sich nichts anmerken. Er liest ganz geschäftsmäßig professionell in der Akte, jetzt aber laut und verständlich auch für Kalli

BATIC:

Opfer war zuckerkrank. Todesursache war Schädelbruch. Der Schlag ist mit großer Gewalt ge-

führt worden. Tatwerkzeug unklar. Ist nicht auf-
gefunden worden. Stumpfer Gegenstand unbe-
kannter Form aus Kunststoff.

Keine Einbruchspuren in der Wohnung, außer der
umgefallenen Venus von Milo, das Opfer hat den
Täter also gekannt und reingelassen, hat mit ihm
wohl den Whiskey getrunken. Ein zweites Glas
stand gespült in der Küche neben der Whiskeyfla-
sche.

Sommer nachdenklich aber auch leicht spöttisch

SOMMER:

Der war aber ordentlich, so was machen sonst
doch nur Frauen

Batic nachdenklich

BATIC:

Vielleicht war's ja ne Frau. Mit solchen Mukkis.

Er macht eine entsprechende Geste.

Batic liest weiter im Bericht.

BATIC:

Und mit viel Geduld.

Der Täter oder die Täterin muss abgewartet ha-
ben, bis das Opfer tot war. Das A ist nämlich erst
eingeritzt worden, als der Tod bereits eingetreten
war.

Leitmayr ganz neugierig, er beugt sich vor

LEITMAYR:

Weiß man womit?

Batic immer noch weiter im Bericht blätternd, den er aktuell beim Lesen zusammenfasst

BATIC:

Ein Messer war's nicht, das hätte Schnittverletzungen ergeben. Eein Nagel wars auch nicht, weil der nicht spitz genug ist,

Sommer scheinbar leichthin

SOMMER:

Suchen wir halt einen ordentlichen Menschen ohne Messer aus der Anarcho-Szene, der was Spitzes mit sich rumträgt, das nicht schneidet und der Whiskey trinkt.

BATIC:

Wieso jetzt wieder Anarcho-Szene?

SOMMER:

Na wegen dem A. Ist doch deren Erkennungszeichen, deren Logo, oder nicht?

Leitmayr abwehrend

LEITMAYR:

Ne, ne, dann hätte ein Kreis drum sein müssen.
Bei denen ist immer ein Kreis um das A. Nein, das
ist es nicht. Das A muss was anderes bedeuten?

Batic rekapitulierend und nachdenklich

BATIC:

Der Täter muss das Opfer sehr gehasst haben,
dass er den Tod abwartet und ihm dann das A
einritzt.

KALLI:

Ist ein bisschen wie das Zeichen des Zorro. Viel-
leicht war er stolz drauf, ihn zur Strecke gebracht
zu haben.

SOMMER:

Ja, das hat irgendwie was Triumphierendes, aber
auch was Verächtliches.

BATIC:

Und es ist eine Botschaft, die man sehen sollte.
Aber für wen war sie bestimmt?

KALLI:

Gefunden hat ihn der Sohn, und der konnte mit
dem A nix anfangen.

BATIC:

Oder hätte ihn die Ehefrau finden sollen?

LEITMAYR:

Müssen wir sie fragen, ob ihr das A was sagt.

In der Folge versuchen sie sich die Begriffe wie Bälle zuzuwerfen, also immer Schuss/Gegenschuss, dabei schneller werdend

BATIC:

Also A wie keine Ahnung

SOMMER:

Oder A wie Armleuchter

KALLI:

Oder A wie Ausbeuter

LEITMAYR:

Oder A wie Aus

SOMMER:

Oder A wie Abwarten

Batic steht auf. Zu Leitmayr und Sommer

BATIC:

Wir werden Frau Bergkämper einen Besuch abstatten, die ist ja jetzt zurück. Vielleicht kann sie uns weiterhelfen.

Kalli steht auch auf. Im Aufstehen und die Krücken sortierend

KALLI:

A wie Anstandsbesuch.

Sommer zu beiden, dabei auf die Uhr blickend.

SOMMER:

A wie aber ohne mich. Gleich Zwölfe.

Sorry, die Herren. Ohne mich. Ich muss jetzt zur
Vernehmung.

16. Szene
INNEN- Justizvollzugsanstalt- TAG
Personen: Sommer, Karle, mehrere Statisten in Uni-
form als Justizbeamte der JVA. Mit einem Summton öffnet sich die Eingangstür und Sommer kommt herein.

Justizbeamter hinter Glas-

scheibe:

Ah, Kommissar Sommer gibt sich mal wieder die
Ehre. Wer darf´s denn diesmal sein?

SOMMER:

Der Hörter. Ich hab schon Bescheid gesagt. Der
ist erst seit gestern hier.

Justizbeamter hinter Glas-

scheibe:

Und schon darf er wieder raus.

Er sieht auf eine Liste.

Justizbeamter hinter Glas-

scheibe:

Der steht hier schon bereit.

Er betätigt einen Knopf. Mit einem lauten Summton öffnet sich eine Tür gegenüber von Sommer und ein Justizbeamter führt Michi Hörter am Arm herein. Sommer nimmt ihn in Empfang.

Justizbeamter hinter Glasscheibe:

Wiedersehn macht Freude.

SOMMER:

Is klar. In zwei Stunden ist er wieder da.

Überblende

17. Szene
AUSSEN- Justizvollzugsanstalt- TAG
Personen. Sommer und Michi

Kameraperspektive wie Szene 12. Sommer und Michi kommen aus der JVA und gehen auf den Polizeitransporter zu. Sommer öffnet die hintere Tür, Michi steigt ein und die Tür wird wieder geschlossen. Sommer steigt auf der Fahrerseite ein, startet das Auto und fährt mit einem Schlenker nach rechts aus dem Bild.

18.Szene

INNEN -WOHNUNG BERGKÄMPER - TAG

Personen: Leitmayr und Batic, Frau Bergkämper

Beide sitzen sehr gesittet auf dem Sofa. Vor Ihnen, sehr aufrecht und sehr gefasst im Sessel, die Arme aufgestützt, in elegantem schwarzen Kostüm, aber nicht aufgedonnert, Frau Bergkämper

Batic etwas irritiert von ihrer damenhaften Ausstrahlung

BATIC:

Wir bedauern sehr, was geschehen ist, aber wir müssen Ihnen noch ein paar Fragen stellen, gnädige Frau.

Leitmayr sieht Batic von der Seite erstaunt an.

Frau Bergkämper sehr gefasst und ruhig

FRAU BERGKÄMPER:

Sie werden Belege über meine Abwesenheit und Rückkehr haben wollen. Hier sind die Flugtickets und das ist der Name der Freundin, bei der ich mich aufgehalten habe.

Sie überreicht Leitmayr ein paar Papiere, der sie schnell überfliegt und dann einsteckt.

FRAU BERGKÄMPER:

Nun fragen Sie ruhig, meine Herren.

Leitmayr und Batic sehen sich verstohlen von der Seite an.

FRAU BERGKÄMPER:

Stellen Sie ruhig die Fragen, derer es bedarf.

Leitmayr sieht Batic von der Seite an und lehnt sich etwas zurück, um deutlich zu machen, dass er bei derartig hohem Sprachniveau die weitere Befragung lieber dem älteren Kollegen überlässt.

BATIC:

Nach zwei Tagen wissen wir jetzt nicht mehr, als dass Ihr Mann offensichtlich keine Feinde hatte, sich sehr viel ehrenamtlich im Behindertenbereich engagiert hat, und sich niemand von Ihren Bekannten und seinen Kollegen überhaupt vorstellen kann, dass jemand einen Grund gehabt haben sollte, ihn zu töten.

Frau Bergkämper zustimmend und durchaus stolz

FRAU BERGKÄMPER:

Ja, diese Vorstellung ist auch für mich völlig abwegig und ich vermag ebenfalls keinerlei Motiv für diese Tat zu erkennen.

Und dennoch ist sie geschehen.

Batic jetzt wieder souveräner

BATIC:

Ihr Mann war schon lange Jahre zuckerkrank?

FRAU BERGKÄMPER:

Ja, das war er. Seit etwa 15 Jahren. Und es ist in den letzten Jahren ärger geworden. Die Beschwerden nahmen zu. Er war gezwungen, die Dosis zu erhöhen.

Leitmayr schaltet sich jetzt doch ein, weil er neugierig geworden ist

LEITMAYR:

Können Sie den Charakter dieser Beschwerden näher spezifizieren?

Frau Bergkämper sieht ihn zunächst missbilligend an, obwohl er sich so vornehm ausgedrückt hat. Sie zögert etwas, spricht dann aber wieder gefasst und mit fester Stimme

FRAU BERGKÄMPER:

Es ist Ihnen ja bekannt, wie sehr mein Mann sich im Behindertenbereich eingesetzt hat und Sie werden sich vorstellen können, dass davon auch die ganze Familie berührt wurde.

In dieser Familie haben wir es uns zu eigen gemacht, über eigene Befindlichkeiten nicht zu

sprechen, auch innerhalb der Familie nicht. Schon gar nicht wäre etwas nach außerhalb weitergegeben worden. Was Sie jetzt von mir erfahren, wäre mir zu Lebzeiten meines Gatten nicht über die Lippen gekommen.

Sie stutzt eine wenig und lächelt schließlich ein bisschen schief.

FRAU BERGKÄMPER:

Aber dann hätte ja auch kein Anlass bestanden, Ihre Bekanntschaft zu machen, nicht wahr?

Wieder ernster werdend

FRAU BERGKÄMPER:

Von jeher hatte mein Mann eine Disposition zu Thrombosen, die sich durch die anhaltende Medikamentierung verstärkte und zu nachhaltigen und erheblichen Durchblutungsstörungen führte. Auch sein Augenlicht war durch die Erkrankung in Mitleidenschaft gezogen, aber hier hätten nach Auskunft der Ärzte die Beeinträchtigungen durch eine stärkere Sehhilfe aufgefangen und ausgeglichen werden können. Nicht so die Durchblutungsstörungen in den Beinen.

Sie stutzt noch einmal und fixiert jetzt Batic

FRAU BERGKÄMPER:

In spätestens zwei Jahren, vermutlich aber schon wesentlich früher, hätte man ihm das rechte Bein abnehmen müssen.

19. Szene
AUSSEN - FRIEDHOF – TAG

Personen: Leitmayr , Sommer und Batic , Frau Berg-kämper, Sohn Bergkämper, Dellmann, Frau Zogler, Fiedler, mehrere Komparsen als Behinderte, Rollstuhlfahrer und mit Gehhilfen am offenen Grab

Leitmayr und Batic auf Grab zugehend, an dem die Beerdigungsgesellschaft versammelt ist. Leitmayr halb flüsternd und belustigt wie aufgeregt zu Batic .

LEITMAYR:

Sagt der Sommer zu mir: Na, um Zwölfe kann I net. Da muss ich zur Vernehmung zum Griechen. Griechen? sag ich, Wieso Grieche? Ich denke, dass is ein Deutscher, den du da vernimmst. Scho, sagt er, der Michi is ein Deutscher, aber gestern waren wir beim Türken und heut geh´n wir halt zum Griechen essen.

Essen? sage ich. Du gehst mit dem essen? Sicher sagt er, wir gehen jeden Mittag zusammen essen. Ich hol ihn ausm Gefängnis und geh mit ihm essen. Bis Freitag, zum Geständnis.

Ist ja ein richtiges Arbeitsessen, sage ich. Des is jetzt wieder guat, Arbeitsessen. Jo, des is scho recht. Ein Arbeitsessen halt.

BATIC:

Und das will der eine Woche lang so machen?

LEITMAYR:

Das hab ich ihn auch gefragt.

BATIC:

Und du kannst den jeden Tag so einfach aus dem Knast abholen, sag ich. Und er: Ja sicher. Der Richter hat mir eine Dauerausführung jeden Tag für 1 Stunde bis Freitag gegeben.

Ich: Bis Freitag?. Er: Ja bis Freitag, weil das reicht. Weil er da gesteht.

Kamera auf Frau Bergkämper, ein paar Schritte neben ihr, ohne Kontakt, Karin Fiedler, Schwenk über die Gesichter, Pfarrer redet sehr salbungsvoll, Sarg wird heruntergelassen, die Menge zerstreut sich allmählich, Leitmayr und Batic stehen etwas abseits auf einem Nebenweg, ein Rollstuhlfahrer kommt auf Kommissare zu, bleibt kurz vor ihnen stehen und putzt sich geräuschvoll die Nase.

BATIC:

Sie haben ihn wohl gut gekannt, den Toten?

Rollstuhlfahrer zunächst misstrauisch und abwehrend

DELLMANN:

Na, des ist wegen dem Heuschnupfen.

Er putzt sich noch mal, diesmal kürzer und leiser die Nase und steckt das Taschentuch dann weg. Jetzt etwas zutraulicher.

DELLMANN:

Ob I den Herrn Bergkämper kennt hab? Aber sicher. Es gibt im Umkreis von 50 Kilometern keinen Behinderten, der den nicht gekannt hat. War ja fast einer von uns, immer mit dabei, immer für uns da. Das gibt´s nicht noch mal. Der hat viel für uns getan.

Er holt doch wieder das Taschentuch heraus, zögert, stutzt, braucht es aber doch nicht. Er spielt unschlüssig mit dem Taschentuch auf dem Schoß herum. Sinnierend und auch bewundernd zu Batic.

DELLMANN:

Der ist sogar mit den Mädels zum Orthopäden gegangen und hat stundenlang mit denen im Wartezimmer gesessen, wenn die eine neue Prothese brauchten oder an der alten was gerichtet werden musste.

LEITMAYR:

Bei ihnen war er auch mal mit?

DELLMANN:

*Na, na, bei mir net. Ich geh ja nicht zum Ortho-
päden, das bleibt so wies ist.*

Er weist auf seine nicht vorhandenen Beine

DELLMANN:

Ich will keine Ersatzteile.

Nach einer kleinen Pause.

DELLMANN:

*Das beste Ersatzteil hat wohl die Karin. Hat er ihr
gesponsert. Der war ja ein richtiger Fan von der.
Ohne den wär sie nie zu den Paralympics gefahren. Immerhin hat sie da den 4.Platz gemacht.
Im Sprint.100 m.*

*Und jetzt kann sie nicht mal bei seiner Beerdi-
gung sein, weil sie auswärts einen Wettkampf
hat.*

Wieder nach einer kleinen Pause. Sich jetzt bewusst
werdend, dass er eben jemand beerdigt hat.

DELLMANN:

*Wer bringt so einen um? So einen guten Men-
schen.*

Andere Frau im Rollstuhl kommt dazu, sie grüßt den Mann im Rollstuhl

FRAU ZOGLER:

Grüß Gott, Herr Dellmann.

Der grüßt zurück

DELLMANN:

Grüß Gott, Frau Zogler

FRAU ZOGLER:

Wer bringt wen um?

DELLMANN:

Na den Bergkämper.

Batic und Leitmayr stellen sich Frau Zogler vor

BATIC:

Grüß Gott, Frau Zogler, Batic und Leitmayr von der Mordkommission. Wir ermitteln in der Sache. Aber wenn ich ehrlich bin, sind wir im Moment eher ratlos, weil Herr Bergkämper offenbar keine Feinde hatte, und kein Motiv für einen Mord erkennbar ist.

Frau Zogler fast unbeteiligt und unbeeindruckt

FRAU ZOGLER:

Braucht's immer ein Motiv?

Batic ebenfalls unberührt und ganz ernsthaft

67

BATIC:

Ich denk doch. Ohne Motiv keine Handlung.

Frau Zogler, als würde sie ein Gedicht aufsagen

FRAU ZOGLER:

Wer ständig begreift was er tut, handelt unter seinem Niveau.

Batic und Leitmayr sehen sich an.

FRAU ZOGLER:

Martin Walser. Ist nicht von mir, ist von Martin Walser.

BATIC:

Der Schriftsteller?

FRAU ZOGLER:

Ja, genau. Der Schriftsteller.

Leitmayr neugierig

LEITMAYR:

Hat der nicht auch einen Krimi geschrieben. Irgendwas mit nem Vogel oder so?

FRAU ZOGLER:

Fink hieß der. Ja, das ist ein Krimi.

Fast entschuldigend hinterher.

FRAU ZOGLER:

Ich bin Buchhändlerin, City-Buchhandlung am Markt.

Leitmayr denkt noch über den ersten Satz nach.

LEITMAYR:

*Krimis schreiben und wirkliche Morde aufklären
sind aber zwei Paar Schuhe. Sieht man ja hier.
Ein guter Mensch wird ermordet und es gibt keinen, der ein Motiv hat.*

*Alle, die wir gefragt haben, also alle Bekannten,
Kollegen und alle Behinderten, die wir gefragt haben, sagen was er alles für sie getan hat und dass
er ihr Freund und Fürsprecher war.*

Frau Zogler ganz cool, aber nicht vorwurfsvoll, mehr so,
wie man Kalendersprüche sagt

FRAU ZOGLER:

Manche Freunde sind die schlimmsten Feinde.

BATIC:

Auch von Walser?

FRAU ZOGLER:

Nein, das ist von mir. Ich kann auch denken.

20. Szene
INNEN -BEIHILFESTELLE – TAG
Personen: Kalli, 3 Kompassen als Beihilfesachbear-
beiter, 1 Sachbearbeiterin

Kalli öffnet mühsam die Tür und humpelt mit Gehhilfe an den Schalter. Sachbearbeiterin kommt.

Kalli aufgebracht am Tresen:

KALLI:

Können sie mir mal erklären, was das hier soll?

Angestellte kommt aufreizend langsam näher, setzt umständlich die Brille auf, hält das Papier in spitzen Fingern und legt es zurück auf den Tresen. Sieht Kalli an und sagt langsam.

ANGESTELLTE:

Das ist ein unvollständiger Antrag. Also ein Nichts.

Kalli immer noch aufgebracht, fuchtelt jetzt mit dem Antrag in der Hand herum.

KALLI:

Nicht vollständig? Aber hier steht doch alles drin, Alter, Dienstgrad, Personal-Nr. Private Kranken-kasse, Rechnung sind alle dabei.

Also, was fehlt?

Angestellte hatte sich schon halb abgewandt, dreht sich aber noch einmal gnädig zu ihm um.

ANGESTELLTE:

Das ist ein nicht vollständig ausgefüllter Antrag auf Beihilfe, und deswegen kann er nicht bearbeitet werden.

Sie wendet sich ihm etwas mehr zu, jetzt dozierend und ihn belehrend, als sei er geistig behindert

ANGESTELLTE:

Weil nämlich: Eine Distorsion im linken Sprunggelenk zieht man sich in der Regel nicht bei üblicher Dienstausübung zu, sondern man wird im Regelfall davon ausgehen können, dass es sich um einen Unfall gehandelt hat.

Hier ist nun von Bedeutung ob es sich um einen häuslichen Unfall außerhalb des Dienstes - also in der sogenannten Freizeit - handelte, oder um einen innerhalb des Dienstes erlittenen Unfall.

Kalli fühlt sich ertappt und versucht sich in einen Scherz zu retten

KALLI:

Unsereiner ist immer im Dienst, das Wort Freizeit kennen wir bei der Mordkommission gar nicht.

Das ist bei ihnen wohl anders.

Angestellte weiter ungerührt, aber sie weiß, dass sie ihn an der Angel hat

ANGESTELLTE:

71

Wir machen da feine Unterschiede. Für Unfälle,
die in der Dienstzeit passiert sind, sind wir näm-
lich gar nicht zuständig. Das regelt die Versor-
gungsstelle und die klären auch die Frage eines
eventuellen Verschuldens eines Dritten, der dann
für die Kosten in Regress genommen werden
kann.

Jetzt ist sie doch nähergekommen und legt ihm einen neuen Antrag hin

ANGESTELLTE:

Wenn sie also freundlicherweise ihren Antrag um
die Angaben vervollständigen - unbedingt auf
Formblatt SR6-3- ob es sich um einen nicht-
dienstlichen, häuslichen Unfall oder um einen
dienstlichen Unfall in der eigenen Wohnung, oder
um einen nicht häuslichen dienstlichen Unfall auf
dem Weg zum, oder vom Dienst gehandelt hat,
dann können wir ihren Antrag auch bearbeiten.

Sie wendet sich wieder ab und lässt ihn stehen wie einen dummen Jungen. Über die Schulter sagt sie noch:

ANGESTELLTE:

Und jetzt wäre es schön, wenn sie uns nicht mehr
von der Arbeit abhalten würden.

Kalli geht kopfschüttelnd und geknickt raus. Im Rausgehen ruft ihm die Stimme der Angestellten nach, etwas
verhallt, etwas teuflisch, etwas kafkaesk

ANGESTELLTE:

*Telephonische Nachfragen beschleunigen den
Gang des Verfahrens keinesfalls.*

Wir bitten, davon abzusehen.

Kalli vor sich hin murmelnd

KALLI:

*Kaum bist's behindert, macht jeder mit dir, was
er will.*

21. Szene

INNEN – GRIECHISCHES RESTAURANT – TAG

Personen: Sommer und Michi, Komparsen als Gäste
oder Kellner

Michi leicht patzig, versucht den coolen und überlege-
nen zu mimen

MICHI:

*Schön: Sie haben mich ausm Knast geholt und
bringen mich gleich wieder hin. Und was soll das
jetzt hier? Is das ne Vernehmung, oder was?*

Sommer leichthin

SOMMER:

Nee. Is einfach nur so. Ich war ja dabei wie du nicht dem alten Rommelt als Haftrichter vorgeführt worden bist, sondern, weil der krank war, der Frau Wegener in Vertretung. Und die hat dich so mehr aus Versehen eingebuchtet, aber da kann ich nun nix mehr dran ändern. Und da hab ich mir gedacht, musst du was für den Burschen tun. Zum Essen einladen oder so.

Hab ich mir halt bei der Wegener ne Ausführung aus der Haft beantragt und die hab ich gekriegt. Sogar für ne ganze Woche. Jeden Tag für anderthalb Stunden.

Und da san mer. Zum Essen eben.

Michi hatte mehr oder weniger desinteressiert zugehört und in der Speisekarte geblättert.

MICHI:

Und ich kann wirklich bestellen, was ich will?

Sommer generös

SOMMER:

Klar. Was du willst. Geht alles auf Spesenrechnung.

Michi lauernd.

MICHI:

O.K.

Kellner nähert sich um Bestellung aufzunehmen

:

Sie haben gewählt?

Michi ganz trocken zum Kellner.

MICHI:

Sicher hab ich gewählt. Pommes. Eine große Portion Pommes mit Schlagsahne, hätt ich gern.

Sommer ohne Reaktion des Kellners abzuwarten, ebenfalls ganz trocken

SOMMER:

Für mich bitte das Gyros aus der Mittagskarte.

Kellner zeigt jetzt Reaktion. Zu Michi.

KELLNER1:

Haben Sie wirklich Schlagsahne gesagt?

Sommer erheitert dazwischen

SOMMER:

Aber sicher, Pommes mit Schlagsahne. Das ist sein Leibgericht, gleich hinter Gurken mit Ketchup und Knödeln mit Rübenkraut.

Kellner zieht sich irritiert zurück. Als er außer Hörweite ist, prusten beide los

SOMMER:

Der war ganz schön fertig, was?

MICHI:

Gleich ruft er in der Klapse an und dann holen uns die Männer im weißen Kittel ab. Gurken mit Ketchup! Auch nicht schlecht. Pommes mit Sahne! Bäh, da wird einem ja schon vom Aufzählen schlecht.

Sommer jetzt wieder ernst

SOMMER:

Nix da, gsagt is gsagt. Pommes mit Sahne sind angesagt und die musst du jetzt auch nehmen. Kannst ja mit ner Ladung Gyros eliminieren oder mit ner halben Maß runterspülen.

Michi wieder ernst.

innerer Monolog MICHI:

Da geht's also lang. I soll also Alkohol trinken, damit I gleich bei der Kontrolle im Knast auffall´ und all meine Vergünstigungen verlier. Das ist eben doch ein Bulle. Der will mich reinlegen.

zu Sommer:

MICHI:

Ich denk, ich kann bestellen was ich will. Oder wie war das eben?

Sommer souverän

SOMMER:

Klar kannst du. Was du willst und was essbar ist.

76

MICHI:

Ne nicht das Essen. Ich mein den Drink. Oder gilt das für den nicht?

SOMMER:

Klar, gilt auch für den Drink.

Nach einer kleinen Pause, etwas besorgt

SOMMER:

Gibt's ein Problem oder so?

MICHI:

Ne. ne. Is schon klar. Ich will ne Cola, ne große. Mit Alk hab ich´s nich so.

Michi lehnt sich die Situation genießend zurück. Nach einer Pause beugt er sich vor.

MICHI:

Was is denn mit ner Aktiven? Der Knast kam ein bisschen hoppla und mit Kohle bin ich noch ziemlich klamm.

Sommer jetzt sehr generös.

SOMMER:

Kein Problem.

Sommer steht auf, geht zum Zigarettenautomaten und zieht eine Packung. Er geht zum Tisch zurück und legt die Packung auf den Tisch.

SOMMER:

Bitteschön. Aber nicht hier.

Michi nimmt die Packung und lehnt sich genießerisch zurück. Lässt den Blick über das Lokal schweifen, dabei innerer Monolog

innerer Monolog MICHI:

Gar nicht schlecht hier. So kann man Knast gut aushalten.

Michi mit Blick auf den biertrinkenden Sommer:

innerer Monolog MICHI:

Was will der Macker jetzt von mir? Der will mir doch nix Gutes, der will, dass ich singe. Da hat er sich aber geschnitten. Nicht mit mir, nicht mit Michi!

Hat´s da nicht in der Bibel einen gegeben, der für´n Teller Erbsensuppe einen verpfiffen hat? Hieß der nich Emu oder so?

Ne, nich mit mir. Ich lass mich nicht kaufen. Von dem schon gleich gar nich. Ich sage nix. Wenn´s dem nicht passt kann er mich gleich wieder in den Knast bringen, da kriege ich auch was zu essen. Nich so gut wie hier, wird man aber auch satt von.

Aber wenn ich hier was vernünftiges zu Fressen kriege, warum soll ich das nicht mitnehmen. Kost ja nix.

Sommer beiläufig

SOMMER:

Wie läuft´s denn so im Knast? Is alles klar soweit?

MICHI:

Aber sicher. Is doch kein Akt. Mein Rechtsanwalt holt mich da schnell wieder raus.

Innerer Monolog MICHI:

Scheiße, der is ja noch abgewichster als ich gedacht habe. Der weiß doch noch, dass ich vor zwei Tagen bei der Festnahme keinen Rechtsanwalt wusste, und auf einmal soll ich einen haben. Der horcht mich hier aus, die Sau.

Sommer hatte gar nicht richtig zugehört, immer noch beiläufig während er aus dem Fenster sieht

SOMMER:

So schönes Wetter. Und da soll ich im Büro sitzen und langweilige Akten lesen. Is mal ganz schön, dass ich da rauskomm´ und nicht in der Kantine essen muss.

Aber da kommt ja endlich unser Essen.

Der Kellner bringt das Essen. Sommer rückt seinen Teller zurecht.

SOMMER:

Na, dann ran an den Feind.

Michi zuckt leicht zusammen und beäugt sein Essen etwas misstrauisch. Sommer mit vollem Mund.

SOMMER:

WffismitdeinenPommef?

Michi leichthin, nimmt eine Gabel voll und schmeckt ab

MICHI:

Ganz o.k. soweit. Fehlt vielleicht ein bisschen Pfeffer.

SOMMER:

Na dann geht's ja.

Sommer zwischen zwei Bissen mit vollem Mund

SOMMER:

Und waff machen wir morgen?

MICHI:

Wieso morgen?

SOMMER:

Na, wir haben doch die ganze Woche. Wenn ich schon mal aus dem Büro rauskomme, denn auch richtig.

Mein Chef hat mir unbegrenzt frei gegeben. Hab ihm erzählt, ich wär da an einer schwierigen Sache.

Innerer Monolog Michi beim Essen, äußerlich aber ruhig und unbeteiligt wirkend

innerer Monolog MICHI:

Von wegen schwierige Sache. Mich kriegst du nicht klein. Glaubst wohl, ich würd in einer Woche singen. Nix is. Kannst du ruhig jeden Tag Kaviar und Champagner auffahren und die Puppen auf dem Tisch tanzen lassen.

Nix is.

Michi singt nich und fertig.

SOMMER:

Waff is jetzt mit morgen? Wie wärs mit Spanier und Paella? So richtig schön fettig mit Muscheln und all dem Zeugs.

Oder hasste noch nie ne Paella...?

MICHI:

Aber klar kenn' ich Paella. Von Mallorca. War ich voriges Jahr mit den Kumpels.

Innerer Monolog mit ärgerlicher Stimme

Innerer Monolog MICHI:

Scheiße, schon wieder nicht aufgepasst. Gleich fragt er nach, mit wem ich da war und ich steh denn blöd da.

SOMMER:

Komisch, Ich war schon auf Zypern, in Portugal, Frankreich, Norwegen, in der Türkei, aber noch nie auf Mallorca.

Soll ja ganz schön da sein. Ich meine da, wo die Touristen nicht sind.

Innerer Monolog MICHI:

Was will der jetzt? Will der wissen wo ich war, oder was? Der brauch doch nur über Interpol zu fragen und schon weiß der, mit wem ich wo war. Der hat mich reingelegt.

Michi schiebt den Teller weg

MICHI:

Ich will zurück in den Knast. Sofort.

Sommer ungerührt.

SOMMER:

Geht schon klar. Aber den Kaffee, den kann ich doch noch, oder?

Michi energisch.

MICHI:

Nein, kein Kaffee. Ich will zurück. Sofort.

Sommer zahlt am Tresen, steigt mit MICHI ins Auto und bringt in zum Knast. Pfeift dabei die ganze Zeit ein lustiges Liedchen. Währenddessen innerer Monolog MICHI.

Innerer Monolog MICHI:

Ich muss besser aufpassen, sonst macht der mich fertig. Stimmt halt schon, was Maxi über Vernehmungstricks bei die Bullen gesagt hat.
Stimme von Maxi.

Maxi:

Erst behandeln dich alle gut: Zigaretten, Cola, Pommes und so was, was du willst, so viel du willst und wann du willst. Brauchst nur mit dem Finger schnippen. Und sind scheißfreundlich zu dir. Lassen dich deine Geschichte 10 mal erzählen um dich kirre zu machen. Ach, erzähl doch noch mal, wie war das eben mit dem Dingens? Und du erzählst und erzählst, bis du es 20 mal erzählt und dir dabei 10 mal widersprochen hast. Also fragen die ganz link und immer noch scheißfreundlich nach: Also, das hab ich jetzt nicht ganz verstanden. Eben hast Du gesagt es war 3 und jetzt sagst du 2 Uhr. Wie spät wars denn nun? Und schon dreh´n sie dich ganz langsam durch den Wolf. Weil du alleine bist. Weil sie dich mit 3 Mann fragen. Alles topfitte Leute. Und du sitzt da, bist sauer, weil sie dich erwischt haben und willst nach Hause. Oder zu deiner Perle oder sonst wohin. Aber du willst weg von diesen ständig nachfragenden scheißfreundlichen Leuten.

Du wirst müde und pampig: Hab ich doch schon tausendmal gesagt, ich hab jetzt keinen Bock mehr. An der Stelle lassen sie dich die Geschichte noch mal erzählen und zwei von den 3 Bullen hauen ab. Kommen auch nicht wieder. Jetzt kommt das weich-hart-Spiel. Einer macht auf Kumpel, der andere auf schlecht gelaunt und sauer. Trauen kannst du keinem.

So machen die das, die Bullen. Lange hält man das nich durch. Am besten, man macht bei dem harten ein Geständnis, dann hat man erst mal seine Ruhe. Widerrufen kann man das - notfalls vor Gericht- ja immer noch, von wegen, das wär nur unter Druck zustande gekommen.

Aber nicht versuchen den Helden zu spielen, wenn die dich mit drei Leuten vernehmen. Das wird nix, da sind die besser.

(kleine gedankliche Pause von Michi während Sommer weiter fröhlich pfeifend durch die Gegend fährt)

innerer Monolog MICHI:

Toll, was hab ich jetzt von Maxis Gelaber? Der hier tut mir doch gar nix, der vernimmt mich ja gar nicht.

(wieder kleine Pause, er sieht den gut gelaunten Sommer an)

innerer Monolog MICHI:

Gut, geh ich halt mit ihm essen. Ich wird´ schon aufpassen.

22. Szene
INNEN – WOHNUNG FIEDLER – TAG
Personen: Kalli, Fiedler   ODER BESSER SOMMER ##

Kalli kommt aus dem Aufzug und geht auf Krücken zur Wohnungstür Fiedler. Sie macht auf. Kalli zeigt umständlich seinen Ausweis, da er sich mit einer Hand abstützen muss

KALLI:

Grüß Gott, Frau Fiedler. I Komm von der Kripo und müsst Ihnen ein paar Fragen stellen.

Karin Fiedler ist sehr erschrocken, versucht aber, sich zusammenzureißen.

KARIN FIEDLER:

Was denn für Fragen?

KALLI:

Na, nix Schlimmes. Ist nur, weil Sie ihn so gut gekannt haben, den Herrn Bergkämper.

Fiedler hat sich wieder beruhigt, weil Kalli alleine gekommen ist und offensichtlich nix weiß. Sie gibt sich ganz cool.

KARIN FIEDLER:

Dann kommen Sie halt herein

Sie geht vor, leicht humpelnd, Kalli mühsam hinterher, sie setzt sich in den Sessel

KARIN FIEDLER:

Ihnen fehlt aber einiges an Training. Setzen Sie sich doch.

Kalli

Na ja, I üb halt noch.

Nein, Danke, ich steh lieber.

Tja, Ich bin hier, weil Frau Bergkämper meint, sie hätten ihren Mann am besten von allen, äh, am besten gekannt. Wenn ich ganz ehrlich bin, kommen wir in der Sache nämlich nicht weiter.

Fiedler eher ein bisschen abwesend wirkend

KARIN FIEDLER:

Ja, ich hab ihn gekannt, den Herrn Bergkämper.
Aber gut gekannt? Wen kennt man schon gut?

KALLI.

Sie waren oft da?

Fiedler etwas erschrocken, etwas abwehrend

KARIN FIEDLER:

Na ja. Oft. So ab und zu war ich schon da.

Etwas gefasster

KARIN FIEDLER:

Meine Fingerabdrücke werdens ja überall gefun-
den haben.

KALLI

Na, nicht. Dafür hätten wir doch erst ihre Finger-
abdrücke zum Vergleich nehmen müssen. Aber
Sie sind doch nicht verdächtig.

Fiedler lehnt sich zurück, was Kalli nicht bemerkt, da er
seinerseits von den Renn-Prothesen fasziniert ist, die
in der Ecke am Schrank lehnen. In der Folge geht sein
Blick immer wieder zu diesen Prothesen.

KALLI:

Wir hoffen halt, dass Sie uns irgendwie weiter-
helfen können.

Fiedler lauernd

KARIN FIEDLER:

Also ich wüsste nicht, wie ich Ihnen helfen könnte...

KALLI:

Mit einem Hinweis vielleicht, wer´s gewesen sein könnte. Weil, Feinde hat er ja wohl keine gehabt, der Herr Bergkämper.

Fiedler leichthin

KARIN FIEDLER:

Bis auf den einen...

Kalli interessiert

KALLI

Ah, wer?

KARIN FIEDLER:

Ja, ich mein, das war sicher kein Freund, der ihn...

Kalli:

Ach der. Na, des war jetzt sicher kein Freund, der ihn derschlagn hat.

Aber wer wars? Wer wollte ihm übles? Hatte er Feinde, hatte er Neider?`

KARIN FIEDLER:

Gibt´s das, dass einer nur gut oder nur schlecht ist?

KALLI:

Na, so direkt nicht

Fiedler leicht dozierend

KARIN FIEDLER:

Man ist immer beides, Ying und Yang. Jekill und Mr. Hyde. Mal so, mal so. Halo nennen das die Psychologen, wenn ein Merkmal im Vordergrund steht. Halo - nicht Hallo- Kommt von Halo = Lichtschein. Bei jedem Menschen gibt´s sowas, was alles andere überstrahlt und was andere dann hauptsächlich an und in ihm sehen.

Kalli nachdenklich, aber schweigend. Kann die Augen nicht mehr von der Prothese lösen.

Fiedler bemerkt das.

Fiedler im dozierenden Tonfall von eben weiter

KARIN FIEDLER:

Seh´n Sie, ich bin eine behinderte Frau. Für die einen bin ich eine Behinderte, die eine Frau ist, für die anderen eine Frau, die behindert ist

Kalli weiter mit den Augen an der Prothese hängend

Fiedler jetzt sicherer werdend, nachdem sie gemerkt hat, dass ihr keine Gefahr droht

KARIN FIEDLER:

Schaun Sie: Sie sollen mich vernehmen und sind irritiert, weil ich behindert bin und Sie nicht so recht damit umgehen können. Selbst als Amateurbehinderter nicht.

Außerdem scheint Sie mein Bein mehr zu interessieren, als das, was ich sage. Aber das bin ich gewohnt.

Sie steht auf und geht zum Schrank.

KARIN FIEDLER:
Na dann nehmen Sie´s halt mal in die Hand. Beißt ja nicht.

Sie nimmt die Rennprothese mit einer Hand hoch und hält sie ihm in.

Kalli ist überrascht, nimmt sie nach kurzem Zögern aber doch in die Hand

KALLI:
Ach so leicht ist des. Des hätt I jetzt nicht gedacht

Fiedler erheitert

KARIN FIEDLER:
Ja die ist ja auch fürs Rennen. Da kann man mit der…

Klopft sich auf die Prothese, die sie trägt

KARIN FIEDLER:
…nix werden. Die…

auf die Rennprothese zeigend, die Kalli immer noch in einer Hand hat, dozierend, fast leiernd, als hätte sie das schon ganz oft erklären müssen

KARIN FIEDLER:

...sieht auf den ersten Blick primitiv aus, so eine Rennprothese für Sprinter - doch das täuscht.

Im Gegensatz zum normalen Laufen sprintet man nicht auf dem ganzen Fuß, sondern nur auf dem Vorfuß. Das Fußelement ist deshalb in eine Spitz-fuß-Stellung gebracht und besitzt keine Ferse.

Der Flexfuß nimmt die Kräfte bei Belastung auf und federt sie wieder zurück: Der Sportler bekommt einen Schub nach vorne.

Beim "Paralympic Revival" im Jahr 1999 lief Tim Matthew, ein behinderter Läufer aus Australien, die Hundert Meter in 11,04 Sekunden - nur knapp eine Sekunde langsamer als der Weltrekord bei den Nichtbehinderten

Die hier ist aus Kohlefaser und Titan und wiegt nur 900 gr.

Das was ich jetzt anhab ist schon schwerer. Aber das ist ja auch aus Kunststoff und das wiegt fast 6 mal so viel.

Kalli mitfühlend

KALLI:

Und das müssens immer mit sich rumschleppen.

KARIN FIEDLER:

Ja, das ist unser Päckchen, was wir mit uns rum-
schleppen müssen.

23.Szene
INNEN – FAST FOOD RESTAURANT – TAG
Personen: Leitmayr,Batic , Kalli, Komparsen als
Gäste, Komparsen als Kellner/Mitarbeiter

Batic und Leitmayr sitzen am Fenster und essen. Draußen spielen Kinder fangen, fahren inline-skate u.ä.
Kalli theatralisch melancholisch

KALLI :

So müsste man sich noch mal bewegen können.
So frei und unbeschwert.

Batic beugt sich amüsiert unter den Tisch, sieht auf das
unter dem Tisch ausgestreckte Bein von Kalli und richtet sich wieder auf. Zu Kalli, der ihn fragend ansieht

BATIC:

Jetzt hab ich doch glatt gedacht, sie hätten dir
das Bein abnehmen müssen.

KALLI:

Wer den Schaden hat...

Sie haben gut reden, Sie können ja hupfen wie ein junges Reh, aber unsereiner muss sich an Krücken daher quälen im Schweiße seines Angesichts.

Batic ungerührt weiter essend

BATIC:

Wenn schon Bibel, dann richtig. Im Schweiße deines Angesichts sollst du dein Brot essen, heißt es richtig. Und essen kannst ja wohl noch, oder isst du jetzt mit die Fiaß?

Also verschon mich mit deinem Gejammer und iss.

Kalli grummelt vor sich hin, fängt aber an zu essen.

Leitmayr zwischen zwei Bissen zu Kalli

LEITMAYR:
Wie wars denn bei der Fiedler?

Kalli, auch zwischen zwei Bissen

KALLI:

Das hat nix gebracht, sie hat jedenfalls nix gesagt, was uns helfen könnte.

Kalli, wie als wollte er eine Pause überbrücken

KALLI:

Habts ihr eigentlich gewusst, wie leicht so eine Renn-Prothese ist? Wie eine Feder sag ich Ihnen.

Batic beugt sich wieder,wie zuvor unter den Tisch, Kallis Bein beäugend. Wieder aufgerichtet, spöttelnd zu Kalli

BATIC:

Trägst jetzt so eines?

Kalli abwehrend,

KALLI:

Na, I doch nit. Aber die Fiedler. Die hat doch so was. Ich habs gesehen. Und...

Kalli sieht die anderen triumphierend an

KALLI:

...ich habs in der Hand gehabt.

Die anderen sind unschlüssig, ob sie das toll finden sollen. Kalli setzt noch einen drauf

KALLI:

In einer Hand. So leicht ist das. Aus Titan. Wiegt gerade mal 900gr.

Aber nix gegen das, was die im Alltag tragen müssen. Das is scho schwer, weils ja aus Kunststoff ist.

Die anderen essen und hören gar nicht richtig zu. Leitmayr sieht versonnen auf die andere Straßenseite. Großes Plakat von Heidi Klum (nur Kopf).

Leitmayr versonnen:

LEITMAYR:

Was macht die jetzt so schön?

BATIC:

Wen?

LEITMAYR:

Na da, die Klum.

Batic abschätzend

BATIC:

Ist halt alles dran und alles schön gleichmäßig.
Sie ist schön, weil sie perfekt ist.

Kalli wichtigtuerisch

KALLI:

Aber perfekte Dinge sind doch nicht schön! Weiß
man doch von den Säulen an den Tempeln aus
dem Altertum.
Wenn die alle in gleichem Abstand stünden,
säh´s gar nicht schön aus. Erst das Abweichen
von der Perfektion - goldener Schnitt heißt so-
was- macht´s ansehnlich.

Batic beugt sich wieder unter den Tisch und sieht wieder
das Bein von Kalli an.

Kalli ganz irritiert, wartet ab bis er sich wieder aufgerichtet hat. Leicht gequält

KALLI:

Was ist denn jetzt schon wieder?

Batic ganz cool, mit halbvollem Mund

BATIC:

Ich wollte nur mal sehen, ob es dich wirklich am Bein und nicht am Kopf erwischt hat.

KALLI:

Ha. Ha.

24. Szene

INNEN – UNTERER FLUR VOR WOHNUNG FIEDLER – TAG

Personen: Frau Bergkämper

Die Person ist nur von hinten zu sehen und nicht direkt erkennbar. Sie steht etwas unschlüssig im Hausflur vor dem Aufzug, stutzt, überlegt, drückt dann schließlich den Knopf und steigt in den Fahrstuhl

25.Szene

INNEN – SPANISCHES RESTAURANT - TAG

Personen: Sommer, Michi, Komparsen als Kellner und Gäste

Die Paella ist gerade gebracht worden, Sommer nimmt das Besteck, stutzt

SOMMER:

Alles klar bei dir?

MICHI:

Alles klar.

Sommer beruhigt

SOMMER:

Na, dann können wir ja loslegen. Paella ist doch o.K., oder solls besser Muscheln mit Sahne sein?

MICHI:

ne is schon o.k. Zuviel Sahne haut auf die Figur.

Beide essen. Sommer nimmt einen großen Schluck Bier.

MICHI:

Dürfen Sie eigentlich Bier trinken, Sie sind doch im Dienst?

Innerer Monolog MICHI:

Eh, das war voll geil. Jetzt hab ich ihn! Wenn er sagt, dass er nicht im Dienst ist, frag ich ihn, warum er mich dauernd privat zum Essen einlädt. Wenn er sagt, dass er im Dienst is, frag ich ihn, was er dienstlich von mir will.

Michi kommt sich vor wie Karpov nach der Erfindung einer neuen Eröffnung.

Sommer leichthin, nachdem er noch einen tiefen Schluck wie um Zeit zu gewinnen genommen hat

SOMMER:

Ach weißt du. Nirgendwo steht geschrieben, dass ein Kriminaloberinspektor zum Essen nicht ein Bier trinken darf. Ist doch was Schönes, so´n Bier. Du stehst da nich so drauf, oder?

MICHI:

Ich kann nich mal den Geruch von Bier haben. Mein Alter hatte sich immer schon morgens einen geballert und stank aus allen Knopflöchern.

Den kenn ich gar nicht anders als mit Bier und sonst nem Alk im Kopf. Den haben die Bullen dauernd bei uns aus der Wohnung holen müssen, weil der meine Mutter und uns Kinder mit allem schlug, was der in die Hände kriegte.

Jetzt is er in der Ballerburg, weil er sich blöd gesoffen hat.

SOMMER:

<u>Wo</u> *ist der?*

MICHI:

In der Ballerburg, in der Klapsmühle, in der Irrenanstalt. Der wusste zum Schluss nicht mal mehr wie er hieß und wo er war.

Draufgehauen hat er aber bis zum Schluss.

Sommer sehr verständnisvoll

SOMMER:

Wie alt warst du da?

MICHI:

11. Und ich konnte nix machen. Der war son Brecher.

Das müsste der heut mal versuchen, den würd ich durch die Tür drücken. Hätte heute keine Chance gegen mich, das feige Schwein.

Das hab ich mir damals geschworen, dass ich den umhau, wenn er mich nochmal anpackt. Hab immer nachts geübt, mit Hanteln und Expander, dass ich Kraft kriege und ich ihn fertigmachen kann.

Is dazu aber nicht gekommen, weil er vorher in die Klapse kam.

Innerer Monolog MICHI:

Scheiße, schon wieder nicht aufgepasst. Was geht den das an, wies bei uns zuhause gelaufen ist?

(kleine Pause)

Innerer Monolog MICHI:

Warum soll der nich wissen, wies bei uns zugegangen ist? Der Typ ist doch ganz o.k.

Michi erzählt weiter, eher im Berichtstil, teilnahmslos, emotionslos

MICHI:

Ich hab nie Taschengeld gekriegt. Nie. Der Alte hat gemeint, wenn ich was will sollt ich was arbeiten oder mir´s klauen. Von ihm kriegte ich jedenfalls kein Geld. Dabei hatte der auch nie welches. Hat doch alles versoffen.

Wenn wir nix zu fressen hatten, hab ich was im Laden geklaut. Was sollten wir denn machen?

Is dann son bisschen Gewohnheit geworden. Die Mutter hat ja auch nix, kommt mit der Stütze für uns ja nich aus. Wenn ich was brauch, muss ich´s mir besorgen. Geht nich anders. Ich muss ja auch leben.

Is ja schließlich nicht aus Spaß. Ich brauch Kohle wie jeder andere auch und woanders krieg ich sie nicht her.

SOMMER:

Scheißspiel.

MICHI:

Ja das is ein Scheißspiel. Ein absolutes Scheißspiel.

SOMMER:

Was ist denn mit einem Job?

MICHI:

Nix is mit Job. Krieg keinen. Hab 10. Klasse Hauptschule. Nich Sonderschule oder so. Richtige Hauptschule. Ich bin ja nich blöd im Kopf. Und was is. Nix is. Keine Lehrstelle, kein Job.

SOMMER:

Warum nicht?

MICHI:

Kfz-Mechaniker wollt ich werden, son richtiger Schrauber. War aber nix mit. Wenn die mich fragen, wo ich wohn und ich sag Finkenstraße, ist der Arsch gleich ab. So geht das nämlich. Die meinen, dass ich keinen Bock auf Arbeit habe, nur weil ich aus der Finkenstraße komme. Keine Angebote vom Arbeitsamt. 3 in fast 2 Jahren. Ein Job war schon weg und die anderen waren auch asbachuralt, die waren nämlich schon seit 2 Wochen weg. Hatten die vom Arbeitsamt aber nix von mitgekriegt. So läuft das. Die machen einen zum Penner.

SOMMER:

Du hast doch was im Kopf. Könntest doch Schule weiter machen.

MICHI:

Ja, könnt ich. Tue ich aber nich. Dann hab ich noch nen schlauen Zettel in der Hand und komm immer noch aus der Finkenstraße.

Sommer ohne Hähme

SOMMER:

Vielleicht, dass man die Finkenstraße umbenennen sollte.

MICHI:

Ja ,das wär vielleicht ne Maßnahme.

Beide essen weiter.

MICHI:

Is gar nicht schlecht, das Zeug.

SOMMER:

Nicht schlecht? Das ist die beste Paella im Umkreis von 100 Kilometer, das kannst mir schon glaubn.

MICHI:

Sie gehn wohl viel essen?

SOMMER:

Ja, is so ne Art Hobby von mir. Man gönnt sich ja sonst nix. Nur alleine essen tu ich nich gern.

Is schön, dass du mitkommst. Meine Kollegen stehen auf Kantinnenessen oder fast food. Oder sind zu geizig, mehr als 4 fuffzige für ein vernünftiges Mittagessen auszugeben. Kantine find ich ätzend. Man sieht da nur Kollegen. Bäh. Könnt ich ja gleich im Büro essen. Heisse Tasse oder so was, bäh.

MICHI:

Ich kenn' ne Menge Leut, die Saufen als Hobby haben, aber keinen, der seine Kohle fürs Fressen, Pardon, fürs Essen ausgibt.

SOMMER:

Hobby ist zu viel gesagt.

Mein richtiges Hobby ist segeln. Aber da komme ich kaum zu und das kann man ja auch nicht jeden Tag. Gönn´ ich mir eben schon mal ein leckeres Essen.

26. Szene
INNEN – WOHNUNG FIEDLER – NACHT
Personen: Karin Fiedler

Licht wie Szene 1, auch halbdunkel, langsamer Schwenk von der Türe aus auf die Person zu, die mit dem Rücken zur Kamera still im Sessel sitzt. Schwenk über Tisch mit Glas, über Wand mit Bildern von behinderter Läuferin bei Paralympics, über Pokale und Urkunden langsam auf Person zu (Musik crescendo mit dem TaK Tak Schlagzeugmotiv vom Anfang), Kamera fährt langsam um sie herum. Bis sie frontal von vorne ist und fährt dann näher ran. Gesicht groß, Augen sind offen, Gesichtsausdruck ein bisschen erleichtert, erlöst. Man sieht, dass die Person tot ist.

Musik bricht ab.

27. Szene
INNEN – WOHNUNG FIEDLER – TAG
Personen: Leitmayr, Batic, Dok wie Szene, Karin Fiedler, Komparse als Photograph, Komparsen als Spurensicherer, Polizist, 2 Komparsen als Bestattungsleute, Gewusel um Tote herum, Spurensicherung und Photograph bei der Arbeit. Batic und Leitmayr kommen von der entgegengesetzten Seite wie zuvor bei der Kamerafahrt in die Wohnung. Polizist in Nähe der Leiche erstattet dienstgeil Bericht.

POLIZIST:

Die Tote heißt Karin Fiedler, ist 27 Jahre alt und ledig. Sie lebte allein in der Wohnung, gefunden hat sie heute Morgen Frau Huber, eine Freundin.

104

Sie wollte nachsehen, was ist, weil sie mit der Fiedler verabredet war und die sich nicht gemeldet hatte.

Leitmayr und Batic nähern sich der Leiche. Man sieht jetzt, dass links neben dem Sessel ihre Beinprothese steht.

Derselbe Dok wie vorher hantiert an der Leiche. Er ist gerade mit der Untersuchung fertig

DOK:

Todesursache noch unklar, Tod ist vor ca. 6 Stunden eingetreten, Hinweise auf Fremdverschulden hab ich hier nicht gefunden. Sieht nach Herzversagen aus. Mal seh´n wie´s ist, wenn ich sie auf dem Tisch hab. Alles Weitere im Bericht.

BATIC:

Herzversagen? Die ist doch noch so jung.

DOK weist auf die Pokale:

Aber sie war Sportlerin. Auch behinderte Sportlerinnen können übertreiben.

LEITMAYR:

Das ist wohl so. Muss aber gar nicht sein. Da gab´s doch mal den Tennisspieler, der so jung gestorben ist.

DOK:

Ja, Michael Westphal. Da hat man erst gedacht, er sei an einer Herzmuskelentzündung nach einer verschleppten Grippe verstorben. Aber bei dem war es was Anderes.

Beim norwegischen Schwimm-Weltmeister Alexander Dale Oen ist einfach das Herz stehen geblieben, und der war gerade erst 26 Jahre alt. Kommt bei Sportlern vor, dass sie eine Herzkrankheit haben, die mit den üblichen Methoden nicht diagnostiziert werden kann. Oder sie haben einen angeborenen, nicht erkannten Herzfehler. Bei massiver und extremer Trainingsbelastungen werden dann Rhythmusstörungen ausgelöst, die im schlimmsten Fall zum Herzversagen führen können.

BATIC:

Vielleicht hat sie ja gedopt. Geht ja bei denen auch um viel Geld.

LEITMAYR:

Da sind sie denn alle gleich, die Sportler.

Während die Tote abtransportiert wird, sieht Batic nachdenklich auf die Beinprothese (die normale aus Kunststoff). Der Dok bemerkt das.

DOK:

Da wo sie jetzt ist, braucht sie keine. Da sind wirklich alle gleich.

28. Szene
INNEN – BÜRO MORDKOMMISSION – TAG
Personen: Leitmayr , Batic , Kalli, Sommer, Dok,

Kalli kommt ohne Gehhilfen, aber am Gehstock, immer noch mitleidheischend und übertrieben humpelnd rein.

Batic leichthin

BATIC:
Na, geht doch wieder. Bald kannst du wieder Fußball spielen.

Kalli wuchtet sich schwer atmend in den Schreibtischsessel

KALLI:
Muss nicht. Davon hab ich erst mal die Nase voll. So gehandicapt durch die Gegend laufen müssen, ist auch nicht gerade die Erfüllung.

Batic ernsthaft aber in den Papieren blätternd

BATIC:
Es gibt Leute, die müssen das ihr ganzes Leben.

Kalli eher abwehrend und leichthin

KALLI:

Ja, aber die kennen es ja dann nicht anders.

Batic zu Sommer ohne aus den Papieren hochzusehen

BATIC:

Wie Karin Fiedler.

KALLI:

Ich kann´s ja immer noch nicht glauben, dass die tot ist. Hab ja grad erst mit der geredet.

LEITMAYR:

Gibt's eigentlich schon was Neues in der Sache?

SOMMER:

Der Obduktionsbericht liegt noch nicht vor. Der Dok tat am Telephon sehr geheimnisvoll und will ihn gleich selbst vorbeibringen. Vielleicht liegt ja gar kein Fremdverschulden vor und das ist nicht unser Fall.

Dok kommt rein. Sehr schwungvoll, sehr gut gelaunt, hat die letzten Worte von Sommer gehört.

DOK:

Nicht euer Fall? Die Fiedler etwa? Da würd ich keine Wetten drauf annehmen.

BATIC:

Für Wetten ist da dieser junge Sportinvalide zuständig. Aber was ist denn jetzt? Fremdverschulden, ja, oder nein? Dann wär´s ja klar.

DOK:

Klar ist noch gar nix in dem Fall.

BATIC:

Und woran ist sie nun gestorben?

DOK:

Dazu kann ich noch nichts sagen. Nur so viel: Das wird diesmal länger dauern als sonst.

LEITMAYR:

Warum jetzt das?

DOK:

Weil ich noch nichts gefunden habe. Bis jetzt habe ich nur eine Idee. Aber zu der sag ich nix. Ich muss noch ein paar Untersuchungen machen. Aber eins hab ich schon für euch: Die Fiedler war schwanger. 2. Monat.

Leitmayr zu Kalli.

LEITMAYR:

Warum haben wir das nicht gewusst?

KALLI:

Weil uns keiner was davon gesagt hat. Die Huber jedenfalls nicht. Und die hat gesagt, dass die Fiedler seit zwei Jahren solo ist. Mit Freund wärs schwierig, weil sie dauernd irgendwo im Trainingslager oder im Wettkampf ist.

SOMMER:

Da hätte es ja auch passiert sein können.

DOK:

Ich hab auch noch was für euch. Aber zuerst eine Frage: H*abt ihr das mit dem A bei dem Mord vom Bergkämper rausgekriegt.*

BATIC:

Nein, noch nicht, aber was soll das jetzt?

DOK:

Was das A bedeutet weiß ich auch nicht, aber ich weiß, wer´s geschrieben hat. Die Fiedler. Mit ihrem Saphir-Ring. Die Blutanhaftungen stammen eindeutig und unzweifelhaft von Bergkämper.

*Die Blutpartikel haben wir eigentlich nur zufällig entdeckt, weil uns aufgefallen war, dass der Saphir so blass war und nicht glänzte. Die Blutgruppe 0 = 10 % der Bevölkerung kam mir doch noch bekannt vor und so hab ich´s mit dem Blut von Bergkämper verglichen. Supervolltreffer! Das war **sein** Lebenssaft, den die Fiedler am Ring hatte.*

BATIC:

A wie Aha. Ich glaube, wir werden wohl noch mal Frau Bergkämper einen kleinen Besuch abstatten müssen.

Batic steht auf und zieht sich die Jacke an. Leitmayr geht auch schon zur Tür. Sommer bleibt sitzen.

BATIC:

Was ist, Herr Kollege?

Sommer sieht auf die Uhr.

SOMMER:

Tut mir leid. Gleich Zwölfe. Ich muss los. Arbeitsessen.

29.Szene

INNEN – WOHNUNG BERGKÄMPER – TAG

Personen: Leitmayr und Batic, Frau Bergkämper

Wieder sitzen beide sittsam auf dem Sofa. Die Szene ist ähnlich wie beim Besuch zuvor

BATIC:

Frau Bergkämper, sie werden sich fragen, warum wir fast zwei Wochen nach dem Tod ihres Mannes...

Frau Bergkämper beugt sich vor

FRAU BERGKÄMPER:

Sie sagen Tod? Aber es war doch Mord, oder?

Batic abwehrend

111

BATIC:

Sicher, sicher. Also, warum wir 2 Wochen nach dem Mord noch kein Ergebnis haben.

FRAU BERGKÄMPER sehr herablassend, schnippisch:

FRAU BERGKÄMPER:

Allerdings.

Batic unbeirrt, ein wenig lauernd

BATIC:

Wir haben nun einen Hinweis, der uns weiterführen kann, und der hat mit Karin Fiedler zu tun.

FRAU BERGKÄMPER wirkt nicht überrascht

FRAU BERGKÄMPER:

Mit Frau Fiedler? Aber wieso denn? Sie verdankt meinem Mann sehr viel. Sehen sie nur, 2 Bildbände hat mein Mann allein über sie angelegt. Er war ein großer Bewunderer, ein großer Fan von ihr.

Batic und Leitmayr sehen sich überrascht an.

LEITMAYR:

Sie wissen, dass Karin Fiedler tot ist?

Frau Bergkämper ganz kühl

FRAU BERGKÄMPER:

Ja, ihre Freundin hat mich heute Morgen angerufen.

Batic:

Haben Sie Frau Fiedler gut gekannt?

FRAU BERGKÄMPER:

Was heißt gut? Ich weiß, dass sich mein Mann sehr um die arme Frau gekümmert hat. Er hat sie ja vor 2 Jahren bis zur Olympiade gebracht. Das hat ihn viel Zeit gekostet und auch viel Geld. Mein Mann hat ihr die Spezialprothese finanziert, die sie bei den Wettkämpfen benutzt hat.

In der letzten Zeit, so etwa die letzten 2 Monate glaube ich, hat er sich sehr um sie kümmern müssen, weil es ihr wohl nicht gut ging. Sie war wohl auch häufiger hier

BATIC:

Sie sagten eben, sie sei wohl hier gewesen. Wissen sie das nicht genau?

FRAU BERGKÄMPER:

Wissen Sie, hier in der Wohnung haben viele Besprechungen und Vorstandssitzungen verschiedener Behinderten-Vereine stattgefunden, in denen mein Mann engagiert war. Selbstverständlich habe ich ihn immer unterstützt, weil ich es richtig fand, dass er sich um diese armen Menschen kümmert, aber ich war nicht bei allem dabei.

Ich bin ein großer Bewunderer der Schauspiel-
kunst und habe seit Jahren ein Theaterabonne-
ment. 2 mal die Woche gehe ich ins Theater. Frü-
her ist mein Mann öfter mal mitgegangen, aber
jetzt schon lange Zeit nicht mehr. Er hat ja dafür
keine Zeit mehr. So hat halt jeder sein Hobby.

Batic sehr lauernd und sehr unvermittelt. Zeigt ihr
plötzlich den Ring

BATIC:

Kennen sie diesen Ring?

Frau Bergkämper ist ein bisschen erschrocken und ver-
ärgert, fängt sich aber schnell wieder

FRAU BERGKÄMPER:

Oh ja. Den hat mein Mann Karin Fiedler vor etwa
3 Monaten geschenkt. Ein echter Saphir. Ich fand
es ..äh..unangemessen und es hat deswegen
Streit zwischen uns gegeben.

Leitmayr sehr konzentriert und nachsetzend

LEITMAYR:

Warum hat er ihr einen Ring geschenkt? Gab´s
dafür einen besonderen Anlaß?

FRAU BERGKÄMPER:

Nein, gar nicht. Auch nicht im sportlichen Be-reich. Schließlich hat sie seit der Olympiade kei-nen Wettkampf mehr bestritten.

Nein, einen Grund gab es nicht und es gab auch ein Missverständnis, weil ich den Ring fand und annahm, er sei für mich. Aber er hat ihn Karin geschenkt.

Das tut man doch eigentlich nicht, sie ist, sie war doch nur eine,, äh...

LEITMAYR:

...eine Behinderte?

FRAU BERGKÄMPER:

Ja, eine Behinderte.

30.Szene
INNEN - IM AUTO - TAG
Personen: Leitmayr und Batic

BATIC:

Die begreift gar nicht, dass die Fiedler die Ge-liebte ihres Mannes war.

LEITMAYR:

War ja nur ne Behinderte. Die ist einfach keine Konkurrenz für ne normale nicht-behinderte Frau. Die hat die doch gar nicht als Frau gesehen.

115

BATIC:

Tun wir doch auch nicht, oder?

LEITMAYR:

Ich weiß nicht. Jetzt ist sie tot und für mich ein Fall, aber wenn´s zu Lebzeiten gefunkt hätte, dann hätte es eben gefunkt. Alles andere wär dann nicht so wichtig gewesen.

BATIC:

Bei wieviel behinderten Frauen hat´s bei dir denn schon gefunkt? Zu Lebzeiten? Zu den Lebzeiten deiner bewegten Jugend?

LEITMAYR:

Na, so gefragt: bei keiner.

BATIC:

Na also.

LEITMAYR:

Wie, na also? Ich hatte auch noch nix mit ner Lehrerin, mit ner blonden Sekretärin, oder mit ner sommersprossigen, dickbusigen brünetten Maschinenbauingeneurin, und gegen die alle hab ich auch nix. Jedenfalls nicht direkt. Ist nur einfach nicht mein Typ.

BATIC:

Das kann man doch nicht vergleichen. Behindert ist doch nicht ein Typ wie rothaarig oder sowas, da fährt man doch nicht drauf ab.

LEITMAYR:

Weiß ich nicht, ich jedenfalls nicht. Aber auch Lehrerinnen, blonde Sekretärinnen und dickbusige Maschinenbauingeneurinnen bleiben nicht ungeliebt, nur weil ich nicht auf sie fliege.

Batic nachdenklich und durchaus ernsthaft

BATIC:

Für mich ist es schon schwierig, behinderte Frauen mit Liebe und Sex in Verbindung zu bringen. Aber es sind doch auch Frauen mit Gefühlen, Bedürfnissen und Vorlieben, etwa für schlanke intelllektualisierende, oder stabile gestandene Hauptkommissare.

LEITMAYR:

Oder für gutsituierte Vereinsvorsitzende.

BATIC:

Oder so.

Nach einer nachdenklichen Pause.

BATIC:

Ich weiß, dass wir nix wissen von Behinderten, und schon gar nix von behinderten Frauen. Und

117

wir brauchen einen, der uns schlau macht. Eigenes Leid macht Herzen weit.

LEITMAYR:

Was ist los? Hat dir einer das Handbuch der Philosophie für Anfänger geschenkt, oder was? Erst Sokrates und dann... wer war das mit dem Herzen-Spruch, oder war das der Kalenderspruch des Tages?

BATIC:

Ne, der ist mir grad so eingefallen. Ich kann auch denken.

LEITMAYR:

Das hab ich doch schon mal gehört.

BATIC:

Genau. Bei der Beerdigung. Von der Walser-Frau. Und zu der fahren wir jetzt.

31. Szene

INNEN – CHINESISCHES RESTAURANT – TAG

Personen: Sommer, Michi, Komparsen als Kellner und Gäste

Beide essen schon. Sie unterhalten sich beim Essen, wie sich Kollegen oder Bekannte unterhalten

MICHI.

Wie ist das eigentlich mit einem Rechtsanwalt für mich? Kriege ich den auf Armenrecht, oder wie läuft das?

SOMMER:

Also auf Armenrecht schon gleich gar nicht. Im Strafverfahren gibt´s das nämlich nicht, wenn man der Beschuldigte ist und überhaupt heißt das Prozesskostenbeihilfe.

Pflichtverteidiger is auch nicht. Jedenfalls jetzt noch nicht.

Den gibt´s nur, wenn du dich nicht selbst verteidigen kannst, weil du nicht lesen oder schreiben kannst oder weil´s vielleicht einen Schwachsinn hast oder wenn du wegen eines Verbrechens angeklagt worden bist – wo´s also mindestens 1 Jahr für gibt - oder wenn du länger als 3 Monate in der Sache, weswegen du angeklagt bist, in U-Haft bist.

Da wird bei dir was draus.

MICHI:

Wie jetzt? Ich bleib länger als 3 Monate im Knast?

SOMMER:

Wird so sein.

*Der Jugendrichter wird deine Sache erst in 3 - 4
Monaten verhandeln können. Das ist nämlich die
übliche Frist zwischen Festnahme und Gerichtsverhandlung. Is bei dir auch so.*

*Nach 3 Monaten Untersuchungshaft schickt das
Gericht dir automatisch einen Rechtsanwalt als
Pflichtverteidiger.*

Du brauchst also nix machen, nur abwarten.

Sommer nach einer Pause, während er weiter isst.

SOMMER:

*Wenn du jetzt schon einen Rechtsanwalt haben
willst, kannst du dir einen kommen lassen. Den
muss du aber auch selbst bezahlen. Kostet so je
nach Urteil am Ende zwischen 800 und 1000
Euro. Teure Leute, diese Rechtsanwälte.*

MICHI:

*Ich hab gehört, die wollen sogar vorher Knete ha-
ben.*

SOMMER:

*Stimmt. Ohne Moos nix los. So 300 bis 400.-
muss man scho anzahlen, sonst läuft nix.*

MICHI:

*Geil. Und wie soll man das machen, wenn man
im Knast sitzt?*

SOMMER:

Na, irgendeinen wird man draußen ja haben, der für einen zahlt. Eltern oder Freunde oder so.

innerer Monolog MICHI:

Ich hab aber keinen. Mutter hat nix und Maxi und die Kumpels lassen mich hängen. Keine Sau meldet sich bei mir, keiner tut was für mich. Im Moment hab ich nur den komischen Polizisten da.

Der lädt mich dauernd zum tollen Essen ein und kriege Cola und Zigaretten ohne Ende und alles für lau. Der zahlt das, macht alles, holt mich jeden Tag aus dem Knast und fährt mich durch die Gegend. Und ich mach nix.

Rauch die Zigaretten weg, friss die Teller leer und mach nix. Der erklärt mir alles vernünftig, sagt mir sogar, wie das mit dem Pfllichtverteidiger geht und so.

Aber der nimmt mich ja irgendwie auch nicht ernst. Vernimmt mich nicht mal richtig. Ich wills aber nicht auf die laue Tour.

Und der kriegt bestimmt Stress mit seinem Chef, wenn er so gar nix abliefert. Der hat doch bis jetzt nix, das kann doch nicht gut gehen. So geht das nicht.

Der Typ is scho in Ordnung und den kann ich nicht so hängen lassen. Ich will ein faires Spiel. Mit weich und hart, mit allem was dazu gehört.

Michi zu Sommer.

MICHI:

Warum vernehmen Sie mich eigentlich nicht?

Sommer ganz trocken

SOMMER:

Hab ich doch schon. Damals, als wir dich festgenommen haben.

MICHI:

Aber das war doch nix. Der Fall ist doch noch nicht geklärt. Wenn´s nicht richtig geklärt wird, wird´s nachher dem Falschen angehangen.

SOMMER:

Kommt vor sowas. Wird ja auch nicht alles aufgeklärt.

Muss es auch geben.

MICHI:

Sie kriegen doch Stress mit Ihrem Chef, wenn Sie das nicht aufklären können. Is doch Ihr Job.

SOMMER:

Gibt keinen Stress,

MICHI:

Ich will aber, dass ich vernommen werde. Mit allem, was dazu gehört.

Ich will jetzt vernommen werden, hier auf der Stelle.

SOMMER:

Was ist los mit dir? Willst du mir den Tag verderben? Wir haben nur noch 2mal Ausgang. Also lass mich damit in Ruhe.

MICHI:

Ich will eine Vernehmung.

SOMMER:

Ich will hier in Ruhe essen und du kommst mir so. Du enttäuschst mich, Michi.

MICHI:

Verdammt noch mal, ich will aussagen und ich will sofort vernommen werden. Mir passiert doch nix, wenn ich die Wahrheit sag. Ich krieg sowieso auf Bewährung.

Irgendwann muss ich doch mal mit dem Scheiß aufhören, warum nicht jetzt?

SOMMER:

Ach Michi. Ist ja schön, wenn du dir um mich Gedanken machst. Is aber nicht nötig. Ehrlich nicht. Sieh mal: Du willst mir einen Gefallen tun, ich vernehm dich, du erzählst mir ein paar Sachen, die wir noch nicht wissen, ich schreib das auf und mein Chef freut sich und erzählt mir was von Beförderung.

In der Gerichtsverhandlung nimmst du dann alles zurück und sagst, dass du an dem Tag nicht gut drauf gewesen wärst, dass ich das falsch aufgeschrieben habe und so was. Und ich steh dann da und krieg wirklich Stress mit meinem Chef.

Ne, lass man. War ja gut gemeint. Lass uns lieber einen Kaffee trinken und überlegen, was wir morgen machen. Italiener?

MICHI:

Aber ich will doch wirklich, also ehrlich, ich meine...

SOMMER:

Is ja gut. Davon will ich nix mehr hören, klar? Was ist jetzt mit morgen? Italiener?

MICHI:

Von mir aus auch Russe.

32. Szene

INNEN – BUCHHANDLUNG – TAG

Personen: Leitmayr und Batic, Frau Zogler, mehrere Komparsen als Kunden oder Verkäufer

Frau Zogler läuft leicht eingeschränkt, aber ohne größere erkennbare Schwierigkeiten durch die Gegend. Sie erkennt die Kommissare und geht auf sie zu.

FRAU ZOGLER:

Ah, die Herren Kommissare. Auf der Suche nach Walser, wie ich vermute.

LEITMAYR:

Nein, wir suchen Mister Livingston.

Frau Zogler ungerührt, aber scherzhaft

FRAU ZOGLER:

Der wurde schon 1871 gefunden.

BATIC:

Von Sir Stanley in Ostafrika, ich weiß.

Nein, wir suchen Sie.

Batic sieht sie erstaunt und irritiert an.

Frau Zogler sieht an sich herunter.

FRAU ZOGLER:

Ach, Sie meinen das? Gute Arbeit, nicht wahr?

Na, im Geschäft geht´s mit dem Rollstuhl nicht

so gut, dafür ist es hier auch zu eng. Da muss die
Prothese schon sein, wegen der Kundschaft, Sie
verstehen. Aber wenn´s nicht sein muss, hab
ich´s lieber bequemer.

zu Batic .

FRAU ZOGLER:

Sie ziehen doch sicher auch Ihre Krawatte aus,
wenn sie nach Hause kommen, oder?

Batic fasst sich unwillkürlich an die Krawatte und lockert
sie.

BATIC:

Ja, das ist wohl wahr.

Frau Zogler, jetzt ernster, sieht ihn direkt an:

FRAU ZOGLER:

Sie kommen nicht wegen Martin Walser. Sie kom-
men wegen Karin, hab ich Recht?

LEITMAYR:

Stimmt. Und wir kommen, weil wir nicht weiter-
wissen und glauben, dass sie uns weiterhelfen
können, das Puzzle zusammenzufügen.

Frau Zogler zögerlich und ungerührt

FRAU ZOGLER:

Nicht jedes Puzzle ergibt ein schönes Bild.

Batic kontert schnell

BATIC:

Aber halbfertige Puzzles sind noch schlimmer.

FRAU ZOGLER:

Gut, dann fangen wir an.

Sie kramt nach kurzer Suche aus dem Schreibtisch zwei dicke Aktenordner und drückt sie Leitmayr in die Hand.

FRAU ZOGLER:

Sie lesen das, und Sie...

zu Batic gewandt

FRAU ZOGLER:

Sie gehen zu Frau Bergkämper und lassen sich alle Unterlagen geben, die ihr Mann über Behinderte angelegt hat, auch die Photoalben und auch die Videobänder. Es muss mehrere Videobänder und Dateien geben.

Und fragen Sie, wie ihr Mann Zugang zum Internet hatte.

Leitmayr blättert in dem ersten dicken Ordner

Leitmayr murmelnd und stammelnd

LEITMAYR:

A-me-lo-ta-tis-mus? Sie sind ganz sicher, dass uns das weiterhilft?

Frau Zogler ohne Zögern mit energischer Stimme

FRAU ZOGLER:

127

Absolut sicher.

Per asperam ad astram.

BATIC:

Gnade mit einem alten ungebildeten Mann. Was heißt das jetzt schon wieder?

FRAU ZOGLER:

Durchs Rauhe zum Licht.

Will heißen: Wer zur reinen Wahrheit vordringen will, muss erst durch ziemlichen Dreck waten.

Leitmayr hat den Finger in der Luft, auf der anderen Hand balanciert er dicke Aktenstapel, er scheint sich an ein Gedicht o.ä. erinnern zu wollen, aber nicht ganz zu können. Schließlich gelingt es doch und er reklamiert eher unsicher

LEITMAYR:

ut vires desint, tamen est voluntas laudantur.

Batic sieht ihn strafend an und räuspert sich unwillig. Leitmayr übersetzt eilfertig

LEITMAYR:

Wenn auch die Kräfte fehlen, ist dennoch der Wille zu loben.

33. Szene

INNEN – ITALIENISCHES RESTAURANT – TAG

Personen: Sommer, Michi, Statisten als Kellner und Gäste

SOMMER:

Sorry für gestern. Is mir was dazwischen gekommen. Alles klar bei dir?

MICHI:

Alles klar, alles unter Kontrolle.

Sommer ist äußerst gut gelaunt. Singt förmlich die Speisekarte vor.

SOMMER:

Pizza funghi e prosciuto, Tagliatelle,Lasagne al forno.

Klingt das nicht toll? Das ist Musik, wie ein Lied.

SOMMER: singend:

Carbonara, cabonara e una coca cola.

Michi sieht ihn unbewegten Gesichts an. Der Gesang erstirbt.

SOMMER:

Is irgendwas? Stimmt was nicht?

MICHI:

Ich lass mich von Ihnen nicht fertigmachen. Ich leg gleich ein Geständnis ab. Für alle 140 Fälle.

Und noch andere, bei denen ich mitgemacht hab.

Ich will, dass Sie das aufschreiben. Das ist mein

gutes Recht.

SOMMER:

Ach Michi. Geht das schon wieder los? Ich dachte,

das wäre geklärt. Verdirb uns doch nicht den

schönen Tag.

Weisst was, zum Aufschreiben bin I jetzt viel zu

faul. Wenn´s was aufzuschreiben gibt, mach das

doch selber.

Und jetzt will ich davon nix mehr hören.

34. Szene
INNEN – WOHNUNG BATIC – NACHT
Personen: Batic

Batic balanciert einen großen Aktenordnerstapel und mehrere Videobänder durch die Tür: Er stößt an den Türrahmen und alles fällt hin

BATIC:

So eine Scheiße,

Er hebt alles wieder auf und schmeißt alles aufs Sofa. Er lockert sich seine Krawatte, stutzt, zieht sie schließlich ganz aus, setzt sich aufs Sofa und fängt an zu lesen.

Überblenden mit Überlagerung von unscharfen Photos von Behinderten

Batic steht auf, geht in die Küche, holt sich was zu essen. Er isst beim Blättern, hat die Füße auf dem Tisch. Seine Mimik wird zunehmend verwundert. Schließlich legt er die   Aktenordner beiseite und legt eines der Videobänder in das Abspielgerät.

Überblende

Batic sitzt konzentriert vorneüber gebeugt auf der Sofakante und sieht sich Videos mit behinderten Frauen an, die nur unscharf zu sehen sind.

35. Szene
INNEN – FLUR VOR WOHNUNG FIEDLER OBEN – TAG
Kameraposition und Beleuchtung wie in Szene 19.

Eine Person kommt aus dem Fahrstuhl. Sie ist nur von hinten zu sehen und nicht erkennbar. Nach kurzem Zögern geht sie auf die Wohnung Fiedler zu und zerstört das Siegel an der Tür.

Überblende auf nächste Szene

36. Szene
INNEN – WOHNUNG FIEDLER – TAG
Personen: Kalli

Die Person ist weiter nur von hinten zu sehen. Sie geht ins Wohnzimmer, sieht sich um und findet in einer anderen Ecke die Normal-Prothese von Fiedler. Sie sieht sie sich genau von allen Seiten an und nimmt sie schließlich in die Hand.

37. Szene
INNEN -WOHNUNG LEITMAYR - NACHT
Personen: Leitmayr

Leitmayr sitzt gemütlich rauchend und essend auf dem Sofa und liest in einem dicken Aktenordner. Im Fernsehen läuft die Tagesschau, aber er sieht nur ab und zu hin.

Überblende mit unscharfen Photos von Behinderten.

Leitmayr verändert seine Sitzposition, die nun nicht mehr gemütlich ist. Er wirkt mehr und mehr konzentriert. Seine Mimik ist eskalierend fassungslos.

Schließlich sitzt er ins Leere stierend mit in den Händen gestütztem Kopf vor dem Sofa auf dem Boden.

Abblende

38. Szene
INNEN -BÜRO MORDKOMMISSION – TAG
Personen: Leitmayr und Batic

Batic balanciert wieder den Aktenordnerstapel und die Videobänder und kommt durch die Tür rein. Leitmayr balanciert auch mehrere Aktenordner und schmeißt sie schweigend auf den Tisch. Beide lassen sich schweigend und wie von schwerer Arbeit völlig erschöpft in die Schreibtischsessel fallen.

So wie Schüler sich nach unangenehmen Arbeiten manchmal befragen, in gequältem Tonfall

BATIC:

Und wie war's bei deinen Schulaufgaben?

Leitmayr in demselben Ton

LEITMAYR:

Und wie war's bei deinen?

Batic weist kopfschüttelnd auf den Stapel vor ihm

BATIC:

Warum sammelt einer nur so viele Bilder von Behinderten? So viele beinamputierte Frauen kann es in München und Umgebung gar nicht geben, wie der Bilder hatte.

Wollte der eine Doktorarbeit über gehbehinderte Frauen schreiben, hat der heimlich an der Fern-Uni studiert, oder wie erklärt man das?

Komisch, dass die Frau da nix zu gesagt hat.

Leitmayr nickt wissend, glaubt, dass Batic aus dessen
Lektüre soviel gelernt hat, wie er aus seiner

LEITMAYR:

Ja, komisch. Lebt mit einem Fan zusammen und
kriegt es nicht mit.

Aber überhaupts gar nix hat die mitgekriegt, die
arme Normie.

Die Fiedler wohl auch nicht, jedenfalls am Anfang
nicht, und wie sie´s dann gemerkt hat, war er
dran. Und die Zogler weiß das, oder sie ahnt es.

Batic jetzt den Faden aufgreifend und weiterspinnend,
im Glauben er und Leitmayr reden von demselben

BATIC:

Klar hat die Bergkämper gemerkt, dass ihr Mann
ein Fan von der Fiedler war. Hat sie doch selbst
gesagt. Und die Fiedler wird ja wohl auch ge-
merkt haben, dass er ein Fan von ihr war.

Was soll also das Gerede?

Leitmayr lehnt sich triumphierend zurück, Arme hinter
dem Kopf verschränkt

LEITMAYR:

Das heißt, dass alles klar ist.

A wie Amelotatist.

134

Batic merkt, dass Leitmayr von was anderem geredet hat und wird wütend

Batic:

Hör mal, jetzt ist genug. Schön, du hast das große Latinum und das ist ja auch was Schönes. Ich hab aber keinen Bock auf Fremdwörterquiz, verstehst?

Wenn du was sagen willst, dann sag es, und zwar auf Deutsch. Aber spar dir dein Fremdwörtergequatsche.

Leitmayr bleibt ganz ruhig. Er begreift, dass Batic aus seiner Abendlektüre noch nichts begreifen konnte und klärt ihm behutsam auf

LEITMAYR:

A wie Amelotatist, das ist das was das A bedeutet. Amelotatismus - von Griechisch: a = "kein" bzw. "nicht" und melos="Glied".", tasis = Zuneigung. Dies bezeichnet in der Fachsprache die Vorliebe für Sexual- bzw. Lebenspartner, denen Gliedmaßen fehlen oder die andere körperliche Behinderungen haben.

Amelotatisten sind Kerle, die auf behinderte Frauen mit fehlenden Gliedmaßen abfahren, wie unsereiner auf Rothaarige.

Sexuell abfahren! Die fahren voll auf einseitig beinamputierte Frauen ab!

Und der Bergkämper war so einer. Was du dir die halbe Nacht angesehen hast, waren dessen Pinup-Photos.

Batic abwehrend und leicht triumphierend

BATIC:

Einspruch, Euer Ehren. Da waren keine Nackerten dabei. Die waren alle brav und sittsam angezogen.

Leitmayr noch echauffiert und in Fahrt

LEITMAYR:

Und die Beinstümpf? Die waren auch immer schön bedeckt? Und da bist dir auch ganz sicher?

Batic sehr irritiert, blättert etwas hilflos in den Photos

BATIC:

Also des, na des woaß I jetzt net so...

Leitmayr redet sich in Rage

LEITMAYR:

Ein Fan war das, der Bergkämper, und nix anderes. Von wegen Freund und Gönner der Behinderten! Und als der Fiedler klar war, dass er mehr an ihrem Beinstumpf interessiert war, als an dem Rest, hat sie mit ihm Schluss gemacht. Endgültig.

136

Batic nachdenklich und entsetzt

BATIC:

*Ich dachte, ich würde schon alles kennen: Pädo-
phile, Sado-Maso, Lederfetischisten, aber das
hab ich noch nie gehört.*

Leitmayr leicht dozierend, aber nicht besserwisserisch

LEITMAYR:

*Das sind ja keine Perverse in dem Sinn. Haben
halt nur eine bestimmte Vorliebe für behinderte
Frauen, meist für einseitig beinamputierte.*

*Bewunderer inkompletter Schönheit, nennen die
sich, oder auf Englisch: devotees, oder eben Fan
auf Deutsch. Und die Venus von Milo ist ihr Sym-
bol.*

BATIC:

*Aber Bergkämper war doch verheiratet, äh, nor-
mal verheiratet.*

LEITMAYR:

*Mit einer Normie, einer Nichtbehinderten. Das ist
auch typisch.*

*Auch, dass die Frauen nix von den Vorlieben ihrer
Männer wissen. Das läuft dann eben im Gehei-
men ab.*

BATIC:

Oder so offensichtlich, dass man es nicht vermutet, wie beim Bergkämper mit seiner Behindertenarbeit.

LEITMAYR:

Oder so. Oder sie outen sich ihren Ehefrauen und die spielen mit.

Batic überrascht

BATIC:

Die akzeptieren dann, dass er sich ´ne Behinderte als Geliebte hält?

Leitmayr cool und geheimnisvoll

LEITMAYR:

Das auch, die spielen aber auch anders mit.

BATIC:

Wie das? Die können sich ja schlecht ein Bein abschrauben, nur weil´s ihm so besser gefällt.

LEITMAYR:

Viele spielen behinderte Frauen ohne Beine und ohne Arme und binden sich dafür Beine und Arme so ab, dass es wie amputiert wirkt.

Oder sie ziehen Sachen an, dass es aussieht als hätten sie keine. Hier ist so ein Bild.

Leitmayr zieht ein Bild aus der Akte und zeigt es Batic.

LEITMAYR:

Pretender sind Menschen, die vortäuschen, behindert zu sein und daraus ihre Erregung ziehen. Sie setzen sich entweder in den Rollstuhl, oder laufen mit Beinschienen oder ähnlichem in der Öffentlichkeit herum. Sie erleben es als Genuss, das zu tun, legen aber Wert darauf, hinterher wieder nichtbehindert zu sein.

Leitmayr zeigt ein entsprechendes Photo.

Batic sieht es angewidert und verunsichert an

BATIC:

Aber das geht doch nicht so weit, dass sie...

Lleitmayr nickt bedächtig mit dem Kopf, geht jetzt auf und ab

LEITMAYR:

Doch, das gibt´s auch.

In der Szene werden erotische, also für die erotische, Geschichten verbreitet, in denen eine Normie phantasiert, wie toll das wäre, beinamputiert zu sein, und wie toll das ihrem Mann gefallen würde. Wannabe´s nennt man die, Wannabe´s, auf Deutsch: Möchtegerne.

Das sind Menschen ähnlich wie Pretender, nur dass sie es nicht nur vortäuschen, sondern gerne wirklich behindert sein möchten.

In Amerika soll es Ärzte geben, die ...

Batic schüttelt sich, jetzt deutlich angewidert

BATIC:

Nicht pervers, hast du eben gesagt?

Leitmayr geht weiter auf und ab als würde er sich mit einem schwerwiegenden Problem beschäftigen. Zu Batic hinblickend

LEITMAYR:

Wenn ich auf dickbusige Rothaarige stehen würde, und ich würde mir eine aussuchen und ihr sagen, dass sie mir gefällt, weil ich auf dickbusig und rothaarig stehe, und sie findet das o.k., dann ist es doch o.k.? Oder?

Batic greift das auf und spielt mit. Er rekapituliert langsam und gestikulierend

BATIC:

Und wenn du, obwohl du auf dickbusig und rothaarig stehst, mit einer Blonden verheiratet bist, dir aber ne dickbusige Rothaarige als Geliebte hältst, der du aber nix von deiner Vorliebe sagst, sondern ihr erzählst, du fährst auf sie ab, weil sie so schöne Augen und so einen tollen Charakter hat, dann ist das ... nicht o.k.

Leitmayr bleibt stehen, er nickt jetzt heftig als sei die Lösung seines Problems gefunden

LEITMAYR:

Genau, das ist nicht o.k. und für Bergkämper war´s sogar tödlich.

Batic nachdenklich

BATIC:

Aber die Fiedler hätte von Anfang an doch ahnen müssen, dass er ein Am..., dass er ein Fan ist.

Leitmayr jetzt auch verwundert

LEITMAYR:

Hat sie wohl aber nicht.

Batic jetzt fast ärgerlich ob des Unverstands der Behinderten

BATIC:

Das müssen die doch aber wissen!

Das müssten die doch genauso draufhaben, wie sie gelernt haben, Rollstuhl zu fahren oder Prothesen zu benutzen.

Leitmayr bleibt ruhig, sagt bedächtig und abwägend

LEITMAYR:

Tauschen wir uns über unser Sexualleben aus, nur weil wir beide Hauptkommissare sind?

Tun das unsere Kolleginnen?

141

Batic noch unwillig, grummelnd

BATIC:

Die manchmal schon, glaube ich. Jedenfalls immer, wenn sie zusammen auf die Damentoilette gehen.

Leitmayr geht darauf nicht ein und lässt sich nicht ablenken

LEITMAYR:

Meistens aber nicht. Normal ist, wenn man nicht drüber redet. Schon gar nicht über seine sexuellen Enttäuschungen.

Da sind Behinderte so normal wie wir auch.

BATIC:

Oder genauso behindert.

Aber sie müssten doch wissen, dass es Fans gibt, um nicht Opfer von so einem zu werden, der sie nur als Sexualobjekt sieht und an ihrer Person nicht interessiert ist. Gibt´s denn da keine Bücher drüber? Woher weißt du das alles?

Leitmayr zeigt auf den Stapel auf seinem Schreibtisch

LEITMAYR:

Bücher mit Berichten von Betroffenen gibt´s nicht. Was Frau Zogler mir in die Hand gedrückt

hat, ist Material, das sie selbst gesammelt und aus dem Internet zusammengestellt hat.

Da betreiben die Devotees, die Fans, nämlich umfangreiche Infobörsen über ihre Vorlieben, über Adressen von behinderten Frauen (mit Bild), da werden Pornos mit behinderten Frauen verbreitet, und es gibt entsprechende Reizwäsche für wannabes. Und das hier ist nur eine kleine Auswahl aus dem deutschen Internet. In Amerika und England gibt´s eine große Szene für Amelos.

BATIC:

Dann müsste man das Material doch irgendwie veröffentlichen, oder einen Film drüber drehen. Das muss bei behinderten Frauen doch bekannt werden, das müssen die doch wissen.

Leitmayr beugt sich über den Aktenstapel und sieht ihn an

LEITMAYR:

Eine weiß es schon.

Batic zögert ein wenig, begreift dann und beugt sich auch ganz vor. Beide jetzt Gesicht dicht an dicht.

Batic sagt leise, während er Leitmayr in die Augen sieht

BATIC:

Frau Zogler.

Leitmayr hält dem Blick stand, auch er spricht mit viel leiserer Stimme als zuvor

LEITMAYR:

Genau. Die weiß noch mehr, als das, was hier drin steht, und sie weiß es wahrscheinlich nicht nur aus Büchern.

Mit noch leiserer, fast tonloser Stimme

LEITMAYR:

Hol den Wagen, Harry.

39. Szene
INNEN – STEAKHAUS – TAG
Personen: Sommer, Michi, Statisten als Kellner und Gäste

Michi sieht sehr übermüdet aus.

MICHI:

Bevor wir was bestellen, will ich was klären.

SOMMER:

Ach Michi, du wirst doch nicht schon wieder...

MICHI:

Doch, werd ich. Das heißt, ich hab schon.

Ich hab die ganze Nacht alles aufgeschrieben, was ich weiß und was ich jemals an Dingern mit-gemacht habe. Alles. Da fehlt nix.

Eine handgeschriebene Lebensbeichte mit allen drum und dran. Auf jeder Seite hab ich unterschrieben, damit nix verschwinden kann.

Das werd ich Ihnen jetzt geben. Und ich hab mich erkundigt: Sie müssen das annehmen und dürfen nix verschwinden lassen. Würde auch gar nichts nützen, will ich nämlich alles doppelt aufgeschrieben habe.

Michi gibt Sommer mehrere handbeschriebene Blätter, die Sommer lässig einsteckt.

SOMMER:

Is scho recht, Michi. Hast du gut gemacht.

Wir müssen das aber noch mit den gestrigen Aussagen von Maxi und den anderen vergleichen.

Für morgen früh um 10 hab ich dich übrigens zur großen Vernehmung angemeldet.

Und jetzt lass uns endlich was essen.

40. Szene
INNEN – FLUR VOR WOHNUNG FIEDLER – TAG

Personen: Kalli

Anschluss an Szene 31. Person weiter nur von hinten gefilmt und nicht erkennbar. Die Person dreht sich um und geht in der Küche. Sie breitet dort auf dem Küchentisch ein großes Lacktischtuch aus, das sie aus einer großen Plastiktüte gezogen hat. Dann holt sie aus dieser Tüte eine große Melone, die sie behutsam und sorgfältig auf der Mitte des Tisches ausrichtet. Kamera groß auf die Melone. Man sieht nur die fast bildausfüllende Melone. Mit einem Mal kommt von rechts ein Fuß mit Bein (die Prothese nämlich) angesaust und schlägt „in Schläfenhöhe" in die Melone, die mit lautem Knall zerplatzt.

41.Szene
INNEN – BUCHHANDLUNG – TAG
Personen: Leitmayr und Batic Frau Zogler, Komparsen als Kunden und Verkäufer

Batic und Leitmayr kommen rein, Frau Zogler kommt auf sie zu. Leitmayr gibt ihr das Material zurück.

Frau Zogler nimmt das Material auf den Arm und sieht Leitmayr prüfend an

FRAU ZOGLER:
Sie sehen so aus, als hätten Sie alles gelesen.

LEITMAYR:
Hab ich auch.

Batic zeigt auf seine Aktenordner und Photobände, die er unter dem Arm hat

BATIC:

Ich habe auch meine Schularbeiten gemacht.
Aber wir denken uns, dass Lehrerinnen mehr wis-
sen, als in Büchern zu lesen ist.

FRAU ZOGLER:

Das ist wohl so.

LEITMAYR:

War Karin Fiedler auch ihre Schülerin?

FRAU ZOGLER:

Ja, aber wohl zu spät.
Kommen Sie, wir gehen ins Lager, da sind wir
ungestörter.

Frau Zogler geht mit beiden ins Lager, das voller Bücherstapel liegt. Sie räumt einen Stapel weg, auf dem
deutlich der Titel zu lesen ist "Die unerträgliche Leich-
tigkeit des Seins".

Leitmayr setzt sich fast auf einen Stapel mit dem obers-
ten Titel "Vendetta" und räumt ihn leise schmunzelnd
weg. Batic versucht, Platz zwischen zwei Bücherstapeln
zu finden, was aber nicht gelingt. Er räumt beide an die
Seite. Der oberste Titel des einen heißt "Der Gott der
kleinen Dinge" und der andere "Die Frau und der Affe".

Batic und Leitmayr sitzen schließlich wie Schüler vor einer Lehrerin und Frau Zogler sitzt etwas erhöht frontal vor ihnen. (Kamera leicht von unten nach oben)
Frau Zogler konzentriert sich, faltet die Hände in den Schoß und beginnt leise zu sprechen.

FRAU ZOGLER:

Sie haben recht. Wer lehren will, muss erst was lernen, und was ich weiß, hab ich nicht aus Büchern, sondern ich hab's erfahren...müssen.

Als sie mir das Bein abgeschnitten haben war ich 37 Jahre alt und hatte zu der Zeit keine Beziehung zu einem Mann. Ich war mit meinen Büchern und meinem Job verheiratet, und das war auch ganz o.k. so.

Jetzt ist alles aus, hab ich nur gedacht, jetzt bist du keine Frau mehr. Kein Mann wird dich ansehen oder dich begehrenswert finden. Kein Flirt, kein Schmusen, keinen In-den-Arm-nehmen, kein Sex.

Sie unterbricht und sieht ihre Zuhörer genau an, die aber aufmerksam und konzentriert zugehört haben. Die Szene ist frei von jeder Peinlichkeit. Zu beiden

FRAU ZOGLER:

Kennen Sie das "Die bewohnte Frau"? Von Ia-
conda Belli?

Du bist jetzt eine unbewohnte Frau, hab ich mir
gesagt, eine immobile Immobilie, ein Angebot
ohne Nachfrage, ein Krüppel eben, der sich zu
bemühen hat, weiter in seinem Job klarzukom-
men und mit seiner Behinderung nicht mehr als
nötig aufzufallen, mit dem Rollstuhl und der Pro-
these.

Klein machen heißt jetzt die Parole.

Sie weist auf einen Bücherstapel mit dem sichtbaren Ti-
tel "Auf Rollschuhen unter den Teppich".

FRAU ZOGLER:

Klein musst du dich machen. Du bist aus dem
Spiel. Sex ist nur für Normale.

Seltsamerweise auch für Perverse, die nachmit-
täglichen Talk-Shows sind voll davon, aber sie
sind alle normal, weil sie nicht behindert sind.

Da hat der Praunheim schon recht mit seiner
Feststellung: Nicht der Behinderte ist pervers,
sondern die Situation, in der er lebt.

Hab ich mich also klein gemacht. Ich bin sehr
preußisch, sehr realitätsbezogen erzogen worden
und ich bin es gewohnt, Entscheidungen, auch

149

harte gegen mich selbst, zu treffen und durchzu-
stehen. Ursulinenschule eben: Sich selbst besie-
gen ist der schönste Sieg. Lass mich stehen mein
Gott, wo mich Flammen umwehen und schone
mich nicht. Er hat mich nicht geschont und ich
mich auch nicht.

Habe mich nicht mehr geschminkt -für was und
wen auch-, nicht mehr so wie früher auf meine
Kleidung geachtet, weil es mir schon reichte, an-
gezogen zu sein, und bin zur grauen Maus gewor-
den.

Zur grauen, schlauen Maus. Aber nicht schlau ge-
nug.

Wieder sieht sie ihre Zuhörer genau an, aber sie sieht,
dass sie ihnen weiter vertrauen kann und ist froh, dass
sie es mal los wird

(Während des langen Zogler-Monologs, der die Schlüs-
selszene des Stücks ist, als Überblende Visualisierung
dessen, was sie beschreibt. Im Hintergrund, unscharf,
wie mit Weichzeichner, Liebesszene Bergkämper Senior
mit Karin Fiedler, zunächst als Schmuseszene wie mit
frisch verliebten und bekleidet. Später Liebesspiel etwas heftiger werdend, er entkleidet sie und liebkost erst

beiläufig, dann fokussiert er ihren Beinstumpf. Sie lässt ihn gewähren, gibt sich hin.)

FRAU ZOGLER:

Wissen Sie, wenn ein Mann um die 40, dreimal in der Woche in eine Buchhandlung kommt und jedesmal tatsächlich auch ein Buch kauft, ist es so ungewöhnlich, dass es mir eigentlich hätte auffallen müssen.

Ein bücherlesender Mann? Und alles quer durch den Garten, mal Konsalik vom Stapel, mal Spiegelbestsellerliste von oben nach unten, mal der Büchertipp aus der Wochenendbeilage der Tageszeitung.

Und immer hat er sich nur von mir bedienen lassen und ich merkte nichts. Aber meine Kollegen. Der kommt nur wegen dir, wie der dich schon ansieht. Also hab ich ihn mir genauer angesehen: Gar nicht mal schlecht, nicht auffällig attraktiv, aber doch interessant und mit guten Manieren und ohne Ehering. Und der kam nur wegen mir? Schließlich kaufte er ein Kochbuch für Männer und fragt mich, ob er damit auch zurecht käme, er könne halt nicht kochen, weil er´s nie gelernt

und ihm nie einer beigebracht hat. Er sei aber ein
guter Esser.

Einen Tag später hat er mich zum Essen eingela-
den. In ein Restaurant, und zwei Wochen später
zum Essen zu sich nach Hause. Wir haben uns
immer häufiger getroffen, regelmäßig eigentlich.
Er war charmant, schickte Rosen, machte Ge-
schenke und Komplimente, sweet little lies, wir
gingen aus, gingen essen, gingen ins Theater und
...schließlich zusammen ins Bett.

Kamera groß auf das Gesicht von Leitmayr und Batic,
die beide sehr konzentriert zuhören.

FRAU ZOGLER:

Bis dahin hatte ich zweieinhalb Jahre gelebt, wie
graue Mäuse leben und auf einmal war ich wieder
eine Frau. Eine begehrte, bewohnte und beige-
wohnte Frau.

Behinderung? Das macht mir gar nichts, hat er
meine Ängste zerstreut, das gehört eben zu dir.
Ja er hat mich motiviert, sogar aufgefordert, in
der Wohnung die Prothese abzulegen, er hat
mich morgens beim Waschen beobachtet, er
cremte mir den Beinstumpf ein, verband ihn,

pflegte ihn und mir wurde dann irgendwann klar,
dass mein Beinstumpf ihn sexuell erregte.

Das war mir ungeheuer peinlich, peinlicher, als
wenn es ihn abgestoßen hätte, aber ich konnte
ihn lange Zeit nicht darauf ansprechen. Ich war
doch wieder im Spiel und hatte mir wohl zu viel
Sorgen gemacht, als Frau nicht mehr akzeptiert
zu werden. Es war doch wieder alles in Ordnung.
Wann hatte jemals vorher, als ich noch auf zwei
Beinen stand, ein Mann dreimal am Tag mit mir
Sex haben wollen. Ich war begehrter als je zuvor.
Ich? Ich als Person, als Gisela Zogler, mit meinen
Stärken, meinen Schwächen, meinen Gefühlen,
meiner Auffassung von den Dingen. Ich mit mei-
nem Mut, meiner Angst, ich als Frau, als...Ge-
samtkunstwerk?

Ich bin nicht nur preußisch, sondern auch miss-
trauisch erzogen worden (oder ist das dasselbe)
und kann es eher ertragen, wenn etwas schief-
läuft, als wenn alles störungsfrei und reibungslos
läuft.

Das hier aber lief zu glatt, zu problemfrei, das
konnte nicht richtig sein. Ich versuchte, mich in

Büchern schlau zu machen und fand erste, fast
noch harmlose Hinweise.

(wieder im Hintergrund Liebesspiel Bergkämper Senior
und Karin Fiedler. Er ist jetzt aber deutlich auf ihren
Beinstumpf fixiert. Sie zunächst irritiert, scheint ihn zur
Rede zu stellen, er erklärt sich, sie ist fassungslos,
bricht zusammen)

Mit zunehmend wacheren Augen fiel mir auf, wie
häufig er meinen Beinstumpf ansah -vor allen
Dingen, wenn er unbedeckt war - ,viel häufiger
als mein Gesicht, meine Hände, meine Brust und
wo Männer gemeinhin bei Frauen hinsehen.
Und mit offeneren Ohren hörte ich, wie oft er das
Wort Stumpf oder Beinstumpf aussprach, häufi-
ger als meinen Namen. Viel häufiger.
Als ich mir ganz sicher war, sprach ich ihn an. Ja,
sagte, er ohne Zögern, ich bin ein Devote, ein
Fan, was ich damals nicht ganz genau verstand.
Ja, er liebe meinen Stumpf, er errege ihn und un-
sere Liebe - er hat wirklich Liebe gesagt - ließe
sich noch steigern, wenn ich mir das andere Bein
abbände, weil ihn die Vorstellung, ich sei beidsei-
tig amputiert, ungeheuer errege, und so war viel
die Rede von seinen Gelüsten und Vorlieben, und

gar nicht von mir, meinen Gefühlen und Schwächen, Ängsten und Stärken. Und nichts blieb übrig von vier Wochen Flirt und 40 Jahren Leben, als ein Beinstumpf, an dem jemand dranhing.

Kamera filmt jetzt die ganze Szene in der Totale, so dass sie etwas Geheimnisvolles hat, wie die drei da in den Bücherstapeln hocken.

FRAU ZOGLER:

Wenn ich eine Waffe in der Wohnung gehabt hätte, hätte ich ihn getötet. Und ich hätte es keine Sekunde bereut. Nicht eine. Bis heute.

Aber ich hatte keine Waffe und so habe ich ihn nur rausgeschmissen.

Wir Frauen leben damit, auch als Sexobjekt gesehen zu werden, zu wissen, dass Männer uns oft mit den Augen ausziehen, sich vorstellen wie voll unsere Brüste und wie stramm unsere Hintern sind. Die Hälfte meines Lebens war ich diese Blicke gewohnt, und sie haben mir sogar manchmal geschmeichelt.

Aber ich bin nicht bereit, mich die andere Hälfte meines nun gehandikapten Lebens ständig zu fragen, ob der Blick mir als Frau oder meinem Beinstumpf gilt.

Wieder Großaufnahme der Gesichter von Leitmayr und Batic, in denen sich das eben Gehörte wiederspiegelt.

FRAU ZOGLER:

Wissen sie, dass er mich über eine Internet-Börse gefunden hat, in der ich angeboten wurde? Mit Namen, Art der Behinderung, Anschrift, Adresse vom Arbeitsplatz, und Hinweisen darauf, wie man am besten zu mir Kontakt aufnehmen könnte: Mit ständigem Bücherkauf nämlich.

Die haben Unmengen von Daten behinderter Frauen gespeichert, Die fahren 100e Kilometer, um behinderte Frauen zu beobachten, um uns im Park zu beobachten. Die wissen, wo wir einkaufen, kennen unsere Hobbies, warten stundenlang vor der Praxis von Orthopäden, um behinderte Frauen zu sehen oder werden Mitglied im Behindertenverein, oder Vorsitzender und tarnen sich als Mäzene und Förderer von Behindertensportlerinnen.

Batic wirft leise ein

BATIC:

Wie bei Karin.

Frau Zogler nickt

FRAU ZOGLER:

Wie bei Karin.

Ich ahnte, was läuft, aber ich konnte es Karin nicht sagen, noch nicht, weil ich mir nicht sicher war. Er hätte wirklich ein Mäzen sein können.

Nur weil Karin und ich die gleiche Behinderung haben, oder hatten, war unser Leben nicht gleich und wir tauschten uns so wenig über intime Dinge aus, wie Sie sich vermutlich auch.

Batic und Leitmayr sehen sich an.

FRAU ZOGLER:

Aber als sie mir sagte, dass sie von ihm schwanger war, war mir alles klar und ich habe ihr die Augen geöffnet.

An dem Abend, als sie bei ihm war, hat er sich geoutet. Sie hat es mir 2 Tage später erzählt. Er war ein Fan und nicht nur von ihr.

Sie sollte abtreiben, weil sie nicht richtig für das Kind sorgen könne und es sei überhaupt unverantwortlich von ihr, dass sie sich nicht vor Schwangerschaft geschützt hätte. Schließlich gäbe es schon genug Elend in der Welt.

Dass sie ihn getötet hatte, hat sie mir nicht gesagt.

Ich hätte ihn auch getötet, glaube ich. Aber ich habe es ja schon beim ersten Mal nicht gemacht. Ja, bei mir gab es ein 2., 3., 4. und 5. mal und es gibt weitere Fortsetzungen. Aber nicht als gejagter, zur Strecke gebrachter Hase, als Objekt des Jagdeifers, Ich suche sie mir aus, wie ich das in der ersten Hälfte auch getan habe.

Zeigt eine Annonce

Bin eine hübsche, 40jährige sexy Frau aus Bayern. Sollte es Sie nicht stören, dass ich beinamputiert bin, melden Sie sich. Vorerst Wohngemeinschaft.

Chiffre

Frau Zogler, jetzt deutlich bitterer, auch trauriger, aber sehr beherrscht und gefasst, also keinesfalls weinerlich

FRAU ZOGLER:

Wenn die Fans meinen, sie könnten mich auf ein Körperteil reduzieren, kann ich das bei ihnen auch tun.

Angebot und Nachfrage. Ich suche mir meinen Fan selbst aus und er ist Fan nur so lange wie ich will. Mein Bein ist meine Waffe. Similis similibus curantur.

Leitmayr flüstert die Übersetzung

LEITMAYR:

Gleiches wird mit Gleichem geheilt.

Batic flüsternd wiederholend:

BATIC:

Mein Bein ist meine Waffe.

42. Szene
INNEN – LABOR – TAG
Personen: Dok im weißen Kittel, Komparsen als Doks,

auch im weißen Kittel, Komparsen als Laborangestelle

Der Dok steht an einem Mixer, den er gerade abstellt.

Er entnimmt ihm einen Becher, den er dem Dok-Komparsen gibt. Der zieht aus dem Inhalt eine Spritze auf.

Der Dok hat eine der Mäuse aus dem Käfig genommen, die nun eine Spritze kriegt. Er setzt sie in den Käfig und die Maus zuckt.

Das machen sie auch mit einer andern Maus. Als auch die nach der Spritze in Zuckungen verfällt, geben sich beide erfreut die 5 .

43. Szene

INNEN – BÜRO MORDKOMMISSION - TAG

Personen: Batic und Leitmayr, später Sommer, Kalli und Dok

Leitmayr und Batic studieren Akten.

BATIC:

Wo ist denn eigentlich dieser Sommer?

LEITMAYR:

Keine Ahnung. Und wo ist Kalli?

Sieht so aus, als wären wir die Einzigen, die hier arbeiten.

Sommer kommt fröhlich rein. Leitmayar sieht demonstrativ auf die Uhr

BATIC:

Na, Kollege Sommer. Noch mal kurz reinschauen vorm Mittag?

SOMMER:

Is nich mehr mit Mittag. Bin fertig.

BATIC:

Mit Essen oder mit dem Fall?

SOMMER:

Mit beidem. Er hat gestanden.

Schriftlich. 140 Fälle.

Und wie läuft´s bei euch?

LEITMAYR:

Wir wissen inzwischen viel mehr, aber noch nicht alles.

BATIC:

Beispielsweise, wie die Fiedler den Bergkämper erschlagen hat.

Kalli kommt schwungvoll rein

KALLI:

Wollt ihr wissen, wie die Fiedler den Bergkämper erschlagen hat?

Sommer amüsiert

SOMMER:

Ist das ein neues Spiel? Ich weiß etwas, was du noch nicht weißt?

KALLI:

Mit ihrem Bein. Also dem normalen, dem grauen. Ich hab´s nachgestellt. Mit ner Melone. Bumm. Da hat ein Schlag genügt.

Er posiert und stellt mit einem imaginären Bein einen Axthieb nach

BATIC:

Mein Bein ist meine Waffe.

LEITMAYR:

Bingo. Das erklärt die Kunststoffpartikel im Bericht vom Dok.

SOMMER:

Dann wäre der Bergkämpermord ja wohl aufgeklärt.

LEITMAYR:

Wenn das die KTU auch so sieht, dann ja.

SOMMER:

Bliebe noch die Todesursache Fiedler.

KALLI:

Der Dok hat heute früh angerufen. Er wüsste was und er würde es uns schon zeigen.

BATIC:

War der sauer, oder was?

KALLI:

Ne, der klang ganz munter.

Genauso kommt der Dok rein. Er hat einen USB-Stick in der Hand, den er Batic gibt.

DOK:

Tach, die Herren. Tun Sie das mal in den Rechner.

Batic macht das. Ein Video läuft an und zeigt die zwei zuckenden Mäuse.

BATIC:

Is ja ekelig. Was soll das denn?

DOK:

Das ist der Beweis dafür, dass die Fiedler ermordet worden ist.

LEITMAYR:

Ach ja, von wem?

DOK:

Viel wichtiger ist: womit?

LEITMAYR:

Also gut. Womit?

DOK:

Eigentlich ist ja noch spannender: Wie?

Leitmayr wirkt nun deutlich ungehalten.

DOK:

Ruhig bleiben, Herr Hauptkommissar.

Die Fiedler ist ja gestorben, nachdem sie ihre Beinprothese ausgezogen hatte.

BATIC:

Ja, die stand neben dem Sessel.

DOK:

Genau. Und deswegen lag ihr Restbein frei. Aber eben nicht völlig bloß, weil sie eine Art gepolsterten Schutz trug, der Stöße des Beins abfangen sollte. Unter diesem Schutzstrumpf habe ich in

der dritten Nachschau eine winzig kleine Einstichstelle gefunden. Durchmesser 0,3 mm, also drei
Zehntel Millimeter im Durchmesser.

LEITMAYR:

Das ist für ne Spritze ja wohl was klein.
Außerdem hatten Sie doch kein Gift im Körper
gefunden.

DOK:

Doch, das reicht für ne Spritzennadel. So dünne
werden täglich von vielen Leuten auch mehrfach
am Tag benutzt.
Aber Sie haben recht. Gift habe ich in ihr nicht
gefunden: Aber sie ist an einem gestorben.

BATIC:

Ihnen ist schon klar, dass wir der Staatsanwalt-
schaft und dem Gericht was Handfestes vorlegen
müssen?

DOK:

Is klar. Mach ich ja auch. Mit den Mäusen.

LEITMAYR:

Mit den zuckenden Mausen von eben?

DOK:

Ja, mit den konvulsivischen Mäusen.

BATIC:

Vor Gericht?

DOK:

Ja, das hat schon mal einer gemacht. In England. Der hat dafür allerdings 1020 Mäuse, 90 Ratten und 24 Meerschweinchen gebraucht.

SOMMER:

Ich hab nur 2 Mäuse im Video gesehen. Da kommen also noch 1018?

DOK:

Ich hab nur zwei gebraucht, um die Indizienkette zu schließen.

LEITMAYR:

Na, dann lassen Sie mal hören.

DOK:

Wir haben an der Einstichstelle Gewebeproben entnommen und die zu einem Extrakt verarbeitet, den wir den Mäusen verabreicht haben. Und die haben sofort mit den typischen Konvulsionen reagiert.

BATIC:

Typisch für was?

DOK:

Für eine sehr große Dosis Insulin. Mindestens 90 Einheiten.

BATIC:

Und warum stand davon nix in Ihrem Bericht?

DOK:

Weil ich das im Körper von Frau Fiedler 6 Stunden später nicht mehr nachweisen kann.

Nach der Applikation ist sie ins Koma gefallen und der Körper baut das Insulin dann sehr schnell ab.

BATIC:

Und warum ist sie dann gestorben?

DOK:

Gestorben ist sie an massiver Unterzuckerung.

Infolge der Überdosis Insulin stellt der Körper jede Zuckerproduktion sofort ein. Das Gehirn reagiert auf Glucosemangel mit neurologischen Ausfällen und einer tiefen Bewusstlosigkeit.

Es kommt zu einer abnormen kardialen Repolarisation mit intensiven Effekten auf das kardiovaskuläre System. Heißt auf Deutsch: Der Puls geht hoch und man hat erhöhten systolischen und erniedrigten diastolischen Blutdruck. Wenn der Puls weiter rast, schaltet die Pumpe irgendwann ab.

BATIC:

Dann ist ne Überdosis Insulin bei nicht Zuckerkranken ja das Mittel für einen perfekten Mord.

SOMMER:

Wenn man die Einstichstelle für einen Mückenstich hält, ja.

LEITMAYR:

Das soll bei Leichenschauen ja schon vorgekommen sein.

BATIC:

Das ist doch ne furchtbare Vorstellung, wie einfach das ist, damit jemand zu töten und wir können das nicht nachweisen.

DOK:

Ist es nicht. Jedenfalls jetzt nicht mehr.

Der Fall, bei dem der so viele Tiere für den Nachweis benötigt hat, war in den 50er Jahren. Da konnte man eine Überdosis noch nicht direkt nachweisen. Der Typ ist damals aber auch mit den indirekten Beweis verurteilt worden.

Seitdem werden dem Insulin Stoffe zugefügt, die sich im Körper langsam abbauen und die man noch lange nachweisen kann.

Unser Täter hat wohl was aus einer sehr alten Marge benutzt, die er lange Zeit im Kühlschrank aufbewahrt haben muss.

Ist eigentlich erstaunlich, dass das noch gewirkt hat.

SOMMER:

Bergkämper hatte doch Zucker. Schon seit 30 Jahren. Der hatte doch genug Insulin im Haus. Vielleicht sogar noch ´ne alte Ladung.

Aber der war zum Mordzeitpunkt der Fiedler ja längst tot.

LEITMAYR:

Er ja. Seine Frau nicht.

Er sieht sich in der Runde um.

LEITMAYR:

Wer von euch hat gecheckt, wie lange die genau in Norwegen war?

SOMMER:

Das war ich.

LEITMAYR:

Und? Hier in der Akte steht da noch nichts von.

Kalli geht zum Schreibtisch und tippt etwas in den Computer.

SOMMER:

Sorry, die Notiz liegt noch auf meinem Schreibtisch. Aber ich weiß das auch so.

Die Tickets waren alle ok. An- und Abflugzeiten waren wie angegeben und sie war beide Male an Bord.

Die Telefonnummer gehörte zu einer kleinen Spezialklinik für Onthologie, die ausschließlich von sehr betuchten Leuten aufgesucht wird. Sie haben bestätigt, dass die Bergkämper da zwei Tage war.

LEITMAYR:

So reich ist die Bergkämper doch nicht.

BATIC:

Und zwei Tage wären für eine Behandlung ja auch arg kurz.

LEITMAYR:

Wieso haben die Ihnen das alles erzählt und woher können Sie so gut norwegisch?

SOMMER:

Kann ich gar nicht.

Erst ging´s auf Englisch und dann auf Deutsch, weil die Chefin da, die Frau Dr. Ahrends, nämlich Deutsche ist. Sie ist aus München.

Und mit der Bergkämper befreundet, weil man sich vom Studium her kennt.

BATIC:

Da schau her.

LEITMAYR:

Wieso Studium? Die Bergkämper ist doch keine Ärztin.

Kalli hat hörbar was in den Computer getippt und liest das Ergebnis und lehnt sich zurück.

KALLI:

Ist sie doch. Nur ohne Doktortitel.

Bis vor 15 Jahren hat sie noch praktiziert.

44. Szene
AUSSEN – VOR WOHNUNG BERGKÄMPER – TAG
Personen: Leitmayr und Batic, Frau Bergkämper

Leitmayr und Batic fahren vor. Sie steigen aus, gehen auf das Haus zu und klingeln. Frau Bergkämper öffnet.

FRAU BERGKÄMPER:

Die Herren Kommissare. Treten Sie ein, ich habe Sie erwartet.

45. Szene
INNEN – WOHNUNG BERGKÄMPER – TAG
Personen: Leitmayr und Batic, Fr. Bergkämper

Alle sitzen so wie in Szene 13.

Frau Bergkämper zeigt auf einen kleinen Koffer, der neben ihr steht.

FRAU BERGKÄMPER:

Sie sehen mich vorbereitet.

Birgit, äh Frau Doktor Ahrends, hat mich angerufen und bei dieser Gelegenheit auch gesagt, dass sie Ihnen am Telefon gesagt hat, woher wir uns kennen.

Da war mir klar, dass Sie die richtigen Schlüsse ziehen würden.

Ja, ich habe sie getötet, aber ich bin keine Mörderin.

BATIC:

Das wird das Gericht entscheiden.

Frau Bergkämper:

Bevor ich Ihnen folge, hätte ich aus eher praktischen Gesichtspunkten noch eine Frage, die ich Sie bitte, zu beantworten.

LEITMAYR:

Aber bitte, fragen Sie nur.

FRAU BERGKÄMPER:

Ist es üblich, in Gefängnissen Anstaltskleidung zu tragen?

BATIC:

Da ist ja das, was kommt, wenn unsere Arbeit fertig ist. Ich weiß das nicht so genau. Aber quergestreifte Sachen und 'ne Kugel am Fuss gibt's nicht mehr.

(zu Leitmayr) Weißt du das?

LEITMAYR:

Erstmal kommen Sie in Untersuchungshaft, und da muss schon mal keiner Anstaltskleidung tragen.

Ansonsten gibt es ein Gesetz, nach dem geregelt ist, dass in der Justizvollzugsanstalt Anstaltskleidung zu tragen ist. Das beschränkt sich aber häufig nur auf die Arbeitszeiten im Gefängnis.

Wenn man das Gefängnis unter Aufsicht verlässt, der sogenannten Ausführung, wird auch das Tragen eigener Kleidung gestattet.

FRAU BERGKÄMPER:

Dann wird das so sein und der Ausgang wohl recht bald auch begleitet erfolgen.

Birgit hat meine Vermutung bestätigt. Es ist ein Pankreaskarzinom, *also Bauchspeicheldrüsenkrebs, im fortgeschrittenem Stadium. Ich werde die Anstaltskleidung also nicht ungebührlich lange abnutzen.*

Aber nun lassen Sie uns gehen, meine Herren.

Die Rechnung muss beglichen werden.

Sie steht auf, nimmt den kleinen Koffer und geht zur Tür. Da die Kommissare ihr nicht so schnell folgen, bleibt sie stehen, dreht sich um und sieht beide über die Schulter fragend an.

Man hört dieselbe Musik wie in der ersten Szene.

Abblende.

46. Szene
AUSSEN- PARKBANK IM PARK – TAG
Personen: Leitmayr und Batic

Es ist ein sehr schöner, sonniger Tag. Beide sitzen sehr bequem auf einer Parkbank und sehen auf einen Teich, auf dem sich Enten tummeln. Leitmayr füttert ab und zu die Enten mit Brot, das er in einer Tüte bei sich hat.

BATIC:
Ich kann´s noch gar nicht fassen wie cool die Bergkämper war.

LEITMAYR:
Preußisch eben.

BATIC:

Preußische Männer reagierten dann an ihren Schreibtischen aber anders

LEITMAYR:

Die nicht. Nimmt ihr Köfferchen und geht mit uns mit.

BATIC:

Jedenfalls ist der Fall, sind die beiden Fälle, abgeschlossen

LEITMAYR:

Ja, aus is.

BATIC:

Schön, so Sommer

LEITMAYR aufgebracht:

Lässt der die Notiz auf seinem Tisch liegen und informiert uns nicht.

BATIC:

Ich meinte das Wetter

LEITMAYR:

Ich nicht

BATIC:

Du willst ihn nicht behalten?

LEITMAYR:

Muss ich auch nicht. Der Haberer gibt ihn doch nicht her.

Die haben eine große Bande von Autoknackern hochgenommen. Da gibt's jetzt jede Menge Vernehmungen.

BATIC:

Is auch gut. Vernehmen kann der wohl wirklich gut, aber bei uns geht's ja doch mehr ums festnehmen. Und das kriegen wir zwei ja auch ganz gut hin.

Sie geben sich die Fünf.

Abspann

Nachwort

So, jetzt sind Sie kompetent, darüber zu entscheiden, ob das nun eine Tatort-Folge werden soll, oder nicht.

Dabei mitmachen können Sie hier:

http://onlinevoten.de/poll/53381-sollte-dieses-dreh-buch-verfilmt-werden/

Bedankt!

In der Abstimmung können Sie sich ja nur mit „ja" oder „nein" zum Film/zum Buch äußern. Vielleicht wollen Sie ja auch die Gelegenheit nutzen, mir noch mehr dazu zu sagen. Das können Sie hier tun:

tatort-buch@unity-mail.de

Ich werde mich bemühen, alle Ihre Emails zu lesen und im Einzelnen darauf einzugehen.

Falls Sie noch einmal eine Stelle nachlesen wollen, ist das in der E-Book-Version dieses Buches unter Eingabe des Stichworts leicht zu machen. In der Print-Version hilft Ihnen dann dieses Inhaltsverzeichnis mit Angabe der Kerndaten einer Szene weiter.

Inhalt

AUSSEN- PARKBANK IM PARK – TAG

Bitte vergessen Sie nicht, abzustimmen:

http://onlinevoten.de/poll/53381-sollte-dieses-dreh-buch-verfilmt-werden/

Weitere Bücher des Autors:

Auf Rollschuhen unter den Teppich.

– Die Führungsaufsichtssache Peter Grosch –

Eggcup-Verlag 1994;264 Seiten; Paperback;
ISBN: 978-3930004-01-1;
12,12€

Kunstvoll verbindet der Autor die Geschichte des Alkoholkranken mit der eigenen Auseinandersetzung des 'Falles'. Aktenvermerke werden mit Kommentaren und Passagen der Selbstreflexion versehen. In schonungsloser Offenheit geht Paul Reiners hart mit sich selbst und seinem Beruf als Bewährungshelfer ins Gericht, räumt er mit einem Mythos auf.

So wird einerseits gezeigt, was Alkoholkrankheit wirklich bedeutet. Gezeigt wird aber auch, mit wie wenig Verständnis Alkoholkranke gelegentlich bei professionellen Helfern rechnen können.

Kiesregen

Books on Demand;2016; 152 Seiten, 7 Euro
ISBN-10: 3743127989 (auch als E-Book erhältlich)

Ständig im roten Bereich der Kontoauszüge zu sein, ist nicht schön, aber immerhin kann man sich an den Zustand gewöhnen. Man muss sich den Schuldner als im Grunde glücklichen Menschen vorstellen. Was aber tun, wenn man auf einmal zu viel Geld hat. Ist das die Lösung aller Probleme? Das sollte man meinen, aber tatsächlich fangen damit die Probleme für Ilona Hartkopf erst an.

Die Bank hat genug Geld. Ihr Problem ist ein ganz anderes. Die Frage ist, ob dadurch das Geld weniger wird, oder werden könnte, wenn man das Problem nicht löst. Dieses Problem bringt die Lösung aber gleich mit. Das macht es einfach.

Am Ende lösen sich alle Probleme in Wohlgefallen auf, und Ilona H. ist glücklicher, als sie zuvor war. Na, ja, vielleicht eher: befreiter. Oder sogar: erlöst?

Hätte dieses Buch auch «Die Erlösung der Ilona H.» heißen können?
Entscheiden Sie selbst.

10 Kriminalgeschichten

Books on Demand; 2017, Taschenbuch: 164 Seiten, ISBN-10: 3743164124, 7 Euro

Die beste Abwehr gegen Einbrecher ist gar nicht, sie nicht reinzulassen. Eher im Gegenteil. Das letzte Wort kann sehr schädlich sein. Ungefähr so, wie zu große Ordnungsliebe.

Und natürlich wird bei Arbeitsessen gegessen. Aber eben auch gearbeitet.

Pommes mit Mostert sind nicht Kartoffeln mit Senf, aber Pommes ist auch ohne Mostert sehr scharf(sinnig).

Juristenkauderwelsch hat nicht immer was mit Gerechtigkeit zu tun; subjektiv gesehen jedenfalls. Geldkreisläufe sind eher was für Fachleute und nicht für Amateure.

Was ist ein PizSuT? Warum sollte Dr. Muckenfett seine Leistung beim Tennis nicht immer voll ausspielen? Was arbeitet die Frau Domhoff denn nun wirklich bei dem Herrn Budenweiss?

In zehn Kriminalgeschichten lässt uns der Autor einem Einbrecher ebenso bei der Arbeit über die Schulter sehen, wie einem Polizisten oder einem Richter. Und auch der erfahrene Krimileser ist jedes Mal überrascht, wie die Geschichte endet.

Der Autor hat einige Stunden seines beruflichen Lebens in Gerichtssälen verbracht und ist dort auf diese Geschichten gestoßen, die sich genau so, oder so ähnlich ereignet haben oder doch ereignet haben könnten. Finden Sie heraus, welche Geschichte zu welcher Kategorie gehört.